「さ、行くよ」
レンコ
プライドが高く意地っ張りだが、
根は義理堅く仲間思いな一面も。
元・世界1位のサブキャラ育成日記6
～廃プレイヤー、異世界を攻略中！～

あんこ
「黒炎狼」の突然変異種で
「暗黒狼」が進化した魔人。
?
セカンド
（佐藤七郎）
ネトゲそっくりの異世界に転生し、
再び「世界一位」を目指し奔走中。
オールラウンダータイプ。

ブラック
カメル神国の教皇
かつ国家元首。
ラズベリーベル
カメル神教の聖女。
客寄せパンダとして教皇に
利用されている。

「うち……うちな……
センパイのことが……ずっとな……」

沢村治太郎
Harutaro Sawamura

ILL. まろ

6

moto sekai ichii no
sabukyara ikusei nikki

口絵・本文イラスト
まろ

装丁
coil

★ ★ ★

contents

★ ★ ★

moto sekai ichii no
sabukyara ikusei nikki

プロローグ　焚きつけ尽きた

世界一位。実に目覚ましいこの言葉、何度耳にしても心地好い。

かつては全タイトルを制覇し、その全てを維持できたわけではないが、それでも常に六冠以上を維持し、誰もが認める世界一位であり続けた俺は――今や三冠だ。

元いた世界と、この世界は、違う。

皆、前人未到の三冠を獲得した俺を称えてくれた。「世界一位」だと祝ってくれた。

しかし……そうじゃないのだ。俺が目指している世界一位は、そうじゃない。

何もわかっていない彼ら彼女らを薙ぎ倒し、世界一位に君臨しても、何も面白くないのである。

ただ空虚なだけだ。それはつまらない。せっかく手に入れた第二の人生、そんな身がスカスカの蟹みたいな生き方ではなく、もっと身がパンパンに詰まってジューシーでプリプリな蟹のように生きたい。そんな蟹を、ポン酢が尽きるくらいに食べ尽くしたい。

だから、俺は、挑発した。俺が三冠を獲得した冬季タイトル戦の後、閉会式にて、俺はタイトル戦出場者全員を相手に「待ってる」と伝えたのだ。頂でお前らを待ってると。

昨日、我が家で開いた三冠記念パーティにも、大勢呼んでやった。ビンゴ大会と称して、魔物の安全な狩り方やスキル習得方法などをバラまいた。

全て、挑発だ。皆を焚きつけ、タイトル戦の水準を上げるためだ。

上手(うま)くいくかどうかはわからない。だが、やるしかない。やり続けるしかない。俺は、皆に強くなってもらいたくて堪(たま)らないのだ。

俺が出場した一閃座(いっせんざ)戦も、叡将(えいしょう)戦も、霊王(れいおう)戦も、シルビアが出場した鬼穿将(きせんしょう)戦も、エコが出場した金剛(こんごう)戦も、出場者たちは皆、素晴らしい闘志を持つ者ばかりだった。そんな皆が、俺が元いた世界のランカーたちのように、育ってくれたら。そんなに嬉(うれ)しいことはない。

元の世界の頃(ころ)のように上手くいかないことは百も承知だが、それでも皆を育成したいと思ったのだ。俺の目指す世界一位の夢、その実現に向けて、皆と高め合っていければと思ったのだ。

その第一歩を、俺は昨日、踏み出したんだと思う。

そう、三冠は、スタート地点に過ぎない。

俺の目指すべき頂は、世界一位は、まだまだ、遥(はる)か彼方に――。

第一章　新たなる日常

朝、少し遅れてリビングに降りると、何故か食卓の席に男が二人座っていた。

「あっ、おはようございます！　セカンドさん」

「フン……」

爽やかな犬獣人の青年は快活な挨拶を、水色の髪の美形エルフはニヒルに一瞥を。カピート君とニルである。

ああ、そういえば昨夜、二人が些か飲み過ぎていたことを思い出した。

……いや、いやいやいやいや。それにしても、だ。

「おはようカピート君。そして随分な挨拶だな？　ニル」

「おい。僕を呼び捨てにするなとあれほど」

「ハイハイ知っておりますとも。ヴァイスロイ家のお坊ちゃまなんだろう？　ここ七日の間に俺が便所でクソした回数より多く聞いたね。間違いない」

「貴様……相も変わらず我が家を侮辱するかッ」

「お前がそうさせてんだよ」

「二人とも、朝っぱらから喧嘩はやめてくれ。鬱陶しいぞ」

俺が態度の悪いニルをからかっていると、見かねたシルビアが止めに入ってきた。確かに朝から騒々しかったかもしれない。ただ、悪いなシルビア。ここは俺の家だ。ビシッと言わせてもらうぞ。だって、あまりにも酷いじゃないか。昨夜この男が何をしでかしやがったのか、お前も知っているはずだろ？　そう、こいつは――。

「――あ！　げろえるふ！」

朝の散歩から帰ってきたエコが、リビングに来るや否やニルを指さしてド真ん中ストレートを大声で投げつける。

そうなのだ。この男は、ゲロエルフなのだ。

「……おい貴様。それはまさか僕のことを言っているのではあるまいな？」

「そ、あっ……ちがうよ？」

思わず口に出てしまったらしいエコは、今になって左上の方へ視線を泳がせながら「かんちがいだった」と誤魔化している。

「嘘をつけ！　完全に僕を指さして言ったじゃないか！　それにこの中でエルフは僕しかいない！全く失礼な！　何がどうなって獣人如きに誇り高きエルフがそのように言われる筋合いがある！謝罪しろ！」

……ん？　あれ、まさか……覚えてない？

俺が懸念を覚えた直後、ニルの隣に座っていたカピート君が話しかける。

「ニルさん……覚えてないんすか？」

「何をだ」

「昨晩の、その……」

「昨晩？」

どうやら覚えていないみたいだ。

あー……だったとしたら、この態度も頷けるけども。

……かわいそうに。

「ニル。お前は昨日の夜な、アルファに無視されたショックでやけ酒してベロッベロに酔っぱらった挙句、パーティ参加者に手当たり次第ウザ絡みしつつ号泣しながら大声で喚き散らして、介抱に駆けつけた俺の使用人たちを薙ぎ倒し、そこらじゅうにゲロを散布しまくって最終的に会場のど真ん中でぶっ倒れて昏睡したんだぞ」

懇切丁寧に教えてやる。

「…………う、嘘だ……」

「いや会場にいた全員が完璧に記憶している」

「………………」

急激に大人しくなった。

断片的に思い出してきたのかもしれない。じわじわとニルの顔色が悪くなっていく。

「オレ、ポーション飲んどいてよかったっすわ……」

昨晩は大事に至る前に少しでも酔いを醒まそうと解毒ポーションをガブ飲みしていたカピート君

が、絶望の表情をするニルを見ながらしみじみ呟（つぶや）いた。

「……まあ、朝メシ食おうか」

くよくよしていても仕方がないからメシを勧めたが、ニルにはそれなりに反省してもらいたいところだ。せめて、汚物を綺麗（きれい）に掃除して片付けたうちの使用人の分くらいは。

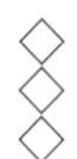

「じゃあなーお前ら。またなー」

「お世話になりました！　また会いましょう、セカンドさん！」

「…………」

朝食を済ませ帰宅するカピートとニルを、セカンドが見送る。

カピートは笑顔でお辞儀をしてセカンドと言葉を交わすが、ニルは無言のままであった。

……ニルは思う。帰るといっても、何処（どこ）に。

ヴァイスロイ家には、もうニルの居場所などない。ぽっと出のプロムナード家の娘に負けた貧弱な男など、それが嫡男であろうと、ヴァイスロイ家は必要としないのである。

では、家を出てどうするのか。

この性格だ。ニルの世間での評判は、すこぶる悪い。

そのくせ百二十八年も魔術の名家で育ったがゆえの高すぎるプライドを捨て切れないでいる。

きっと、何処の誰も雇ってなどくれない。むしろ、他人に雇われるなどニルのプライドが許さない。ならばと、その【魔術】の腕を活かして冒険者ギルドに登録し冒険者として生きるか。ニルはそれこそ最大の恥と考える。彼にとって、冒険者は〝世捨て人〟。土臭い場所で汗と泥にまみれて魔物と戦うなど、高貴なるエルフがするようなことではないのだ。

「……クソッ」

ニルは、嫌になる。家が、社会が、そして……自分が、嫌になる。

今まで張り続けていた虚勢も、昨夜の一件で、もう通用しない。否、端から通用などしていなかったことは、本人も薄々気が付いていた。

これから、どうやって生きていけばいいのか。

彼がそのようなことを悩んでいると、セカンドが一言声をかけた。

「なあ」

一体何を言われるのか。ニルは身構える。

多大な迷惑をかけた相手。文句の一つや二つ、覚悟していた。だが――。

「またいつでも遊びに来ていいぞ。どうせ暇だろ？」

「…………ッ」

あまりにも予想外な言葉に、ニルは目を見開く。

遊びに来てもいい。そのような言葉をかけられたのは、彼の人生で初めてのことであった。

大抵の場合、ニルとかかわった者は「二度と呼ぶものか」と腹の中で思いながら、へらへらと笑って胡麻をする。薄っぺらい社交辞令でニルのご機嫌を取るのだ。ニルはいつもそれを冷めた目で見ていた。

だが、セカンドの場合は大いに違った。ポケットに手を突っ込みながら「また遊びに来い」と言い放ったのだ。

親切や同情のつもりならば、もっと他に言葉があるだろう。仕事を斡旋してやろうかとか、冒険者でもしたらどうだとか、この先どうするつもりだ、大丈夫なのかと、優しく声をかけるところである。勿論、張りぼての優しさで。

仮に、そう言われていたとすれば、ニルは間違いなく激昂していた。セカンドに対し見当違いの敵意を剥き出しにして、己のちっぽけなプライドを必死に守ったに違いない。

それがどうだ。セカンドから出た言葉は……明らかに本心ではないか。

どうせ暇だろ、なんて、むしろ馬鹿にされている。

ふざけるなと、激昂して然るべき嘲笑。

しかし、ニルは、どうしてか、不意に胸が高鳴った。

その飾り気のない遊びの約束が、何処か友達同士のような、心地好い無遠慮さに感じたのだ。

「……うん……」

かろうじて一言。ニルは、そうとだけ返して頷いた。

見送るセカンドに背を向けて、赤くなった顔を隠す。

……また、来てやってもいいだろう。

そんなことを思いながら、ニルは新たなる日常へと旅立っていった。

「ご主人様。本日のご予定ですが――」

カピート君とニルが帰った直後、ユカリが淡々と語り出す。

予定なんてあったっけ？　と思いつつも聞いていたら、思い出した。

午前中、ムラッティがやってくるのだ。雷属性魔術と、魔魔術の話を聞きに。

アルファは家のごたごたが片付いたら必ずファーステスト邸を訪れると伝言を残して帰ったらしい。クラウスは一閃座戦出場資格を得たら訪れると、アルフレッドとミックス姉妹は明日の午後に訪れると、これまた伝言である。どうしてどいつもこいつも俺ではなくユカリに伝えて帰るんだろうな？　そんなに忘れそうか、俺は。

「諸報告です。まず国内のカラメリアの現状につきまして、カラメリア取締法の制定以来、第三騎士団による巡回の強化によって相当数が駆逐されています。密輸の発見は今のところありません」

「依存症患者はどうだ？」

「大本が絶たれつつあるものの、未だ大勢存在するようです。特に有効な治療法の確立はされていませんね。ポーションが効かない以上、地道な治療にならざるを得ないようです」

「そうか」

なかなか簡単じゃあないな。うちの料理長のソブラもまだ復帰できていないことを考えると、治療は相当に辛いもののようだ。

「次に、義賊R6の生き残り調査についてですが」

「難航中か」

「ええ。ただ、一つだけ。ウィンフィルド主導のイヴ隊による内偵調査で手がかりを得ました。義賊弾圧の最中、カメル神国へ渡った者が一人いるようです」

「マジか。随分と前だな」

「はい。現在の生死は不明。名前はレイ。十七歳。親分リームスマの一人娘とのことです」

「女か……」

しかも、よりによってカメル神国。あの国の女性は殆どが修道女として暮らすことになる。カメル教会の厳しい監視を掻い潜って逃げ出すというのは、余程の猛者でない限りは不可能だろう。彼女が生きているのならば、恐らくはまだカメル神国内にいるはずだ。

「わかった。今度、俺が調査してくる」

「かしこまりました」

聖女のついでにレイとやらも探してやろう。キュベロとビサイドには、世話になっているからな。

「最後に今月の出費です。三億八千九百三十一万CLとなりました。残金は五十六億四千六百九十三万CLです」

「えっ、いつもよりかなり多めだな。やっぱりシルビアとエコの特訓と三冠記念パーティに金がかかったか」

「加えて序列上位の使用人へのポーション並びに装備品の購入分と、使用人邸の増改築分ですね」

「あー、そうか。忘れてた」

「億単位の出費を忘れないでください」

怒られてしまった。

使用人たちは経験値稼ぎにやる気を出してくれているため、そこに投資しない手はない。使用人邸は少々手狭になってきていたらしいので、五百人くらい収容できるように大きくした。合わせて一億七千万CLくらいの出費だった気がする。人件費とか食費とか維持費とか諸々で月に二億弱ほどかかるので、まあ今月も妥当な出費だろう。

まだしばらく金稼ぎは大丈夫そうだが、今後何があるかわからない。そろそろ暇を見つけてガッポリ稼いでおくのも必要かもな。

「――セカンド氏ぃ！　セカンド氏ぃいい！」

おっと、暑苦しいのが来た。大声で俺の名前を呼びながら玄関のドアをガンガン叩いている。

「うるせぇな！　今行くから待ってろ！」

「スミマセンッ！　待ちますとも！」

ユカリとの会話をぴったり終えて、玄関へ。案の定、そこにいたのは汗だくの太っちょ眼鏡、ムラッティ・トリコローリ前叡将であった。

「ささっ、中へ入りましょうぞっ！　せ、拙者もう楽しみで楽しみで！　ここ一週間、一睡もできなかったでござる！」

「嘘（うそ）つけよ……」

相変わらずテンション爆上がりのムラッティは、冬の寒空のもと体じゅうから湯気を出して眼鏡を曇らせながら満面の笑みを浮かべている。

失礼だし馴（な）れ馴れしいし鬱陶（うっとう）しいし、良いところは何一つないはずなんだが、どうも憎めない。

俺はムラッティをリビングへと案内して、対面に座らせた。

流れるように、ユカリがムラッティへと紅茶を出す。

「さて。どっちから聞きたい？」

いきなり本題を切り出すと、ムラッティは紅茶を一息で飲み干して、口を開いた。

「デュフフッ。で、では、雷属性魔術についてをば」

なるほど。まあ、予想通りだ。

「雷属性魔術か」

「なにとぞ、なにとぞ！」

ムラッティはそう連呼しながら両手を顔の前で合わせてぺこぺこと頭を下げてくる。

「冷たいものをお持ちしましょうか？」

俺が何から話そうかと考えている間に、ユカリがムラッティへそんなことを尋ねた。アツアツの紅茶を一気飲みしたくらいだ、確かに喉（のど）が渇いているのかもしれない。気が利くな。

「あっ、あっ……す」

「……はい？」

「あ、おねが、ます」

　ムラッティは俺に話しかける時の様子とは打って変わって、テーブルを見つめて縮こまりながら小さな声で頷いた。お得意の馴れ馴れしさは、見る影もない。

「マジかお前」

「い、いやあ、お恥ずかぴい。拙者、近しい人としかマトモに話せないというアレでですね……」

「え」

　俺、仲間だと思われてる？

「さあさあ、そんなことより雷属性魔術でござるよ！」

「わ、わかったわかった、ちょっと待て」

　一にも二にも【魔術】だなこいつは。俺は溜め息を吐きながら口を開く。

「まず、お前が雷属性魔術を習得できるかどうかだが、これは恐らく不可能だろう」

「やはり」

「ただ100％不可能ではない。99・9999％くらいだと思っておいてくれ」

「な、なんとっ！」

「俺がそう考える理由は精霊にある。雷属性魔術を扱う精霊を運良く召喚できれば、チャンスはあるということだ」

「………………‼」

精霊と言った瞬間、ムラッティは目を見開き、ガタンと椅子を蹴って身を乗り出した。

「アンゴルモアという精霊を知っているか」

「も、もちっ、存じてますろん！　ゆいゆい唯一の雷属性精霊！　せっせ精霊界の支配者でしょ⁉

文献を読みまくりんぐよ！」

「落ち着け。俺が雷属性魔術を習得したのは、そのアンゴルモアを二度目に召喚した時だ」

「そっ、しゅ、にょ……おほっ！」

「ご丁寧に壱ノ型から伍ノ型まで全て。習得していることに気付く直前、アンゴルモアと一体になったような感覚があった」

「やっぱり！　ぁやっぱりぃ⁉　うわはーっ……！」

拳で掌を叩くようなジェスチャーで納得を表現するムラッティ。しきりに頷いている。

「何か気付いたか？」

「ええ、ええ！　拙者、現在は魔術と精霊の関係について研究しているところでしてね。どうやら精霊は魔術の威力や属性の適性には関係していないという結論に至りそうだったのですがね」

「まあそりゃそうだろうな。威力はＩＮＴに依存するし、魔術属性に適性なんて本来は存在しないはずだ。強いて言えば種族や成長タイプくらいか」

「せ、成長タイプとな？」

おっと、口が滑った。まあいいや教えちゃえ。

「人は生まれながらに向き不向きがあるということだ。ステータスの伸び具合でだいたい見抜ける」

「セカンド氏、まるで知識の図書館ですな。伺いたいことがまた一つ増えましたぞ」

「適宜聞いてくれ。で、結論に至りそうだったが、なんだ？」

「そうそう、魔術と精霊は特段関係ないという結論に至りそうだったのですが、一つ発見したのですよ。それは、精神です」

「精神？」

ほー……なるほど。メヴィオンがゲームだった頃では有り得ない切り口だ。かなり興味深いぞ。

「精霊は使役者の精神へと浸潤ないし干渉する場合があるというのは、近年の精霊学研究で明らかとなっています。それは精霊との念話を可能にするようなプラスの要素だけでなく、精霊と思考が似通って使役者の性格がガラリと変わってしまうといったマイナスの要素など、容易に無視できない影響が多々あるのです。その数多のケースの中で、使役者の魔術へと影響を及ぼす場合もいくつか確認されているのでござる！」

息継ぎなしで見事に語り切るムラッティ。専門的な【魔術】の話になるや否やこの饒舌さである。

しかし、精神への浸潤か。確かにアンゴルモアは俺の考えていることがわかるようだが……。

「それはひょっとして逆方向にも行われているんじゃないか？　念話は基本的に双方向だ。精霊が一方的に使役者の精神へと浸潤しているだけじゃなくて、使役者もまた精霊の精神へとちょっとは浸潤していないとおかしいだろう？」

「そうなのです‼　流石セカンド氏、そこに気付くとは素晴らしい！　そしてやはり念話を扱えるのですね？　拙者、その話も是非聞きたいですなぁ。今まで念話を使えるという精霊術師に直接話を聞いたことがござらんので。文献ではいくつか見かけたのですが」

「念話といっても、精霊の考えていることが現在進行形でわかるくらいだ。会話というよりは、常時お互いの意識を読み取り合っているような一体感だな」

「なるほどなるほど。拙者、使役者も精霊と同等かそれ以上に精霊の精神へと浸潤できると仮説を立てております。その点では、現状セカンド氏が一番仮説に近い形を体現してますな」

使役者も精霊と同等か、それ以上？

「何故(なぜ)、人は精霊以上に精神へ浸潤できると考える？」

「精霊憑依(ひょうい)でござるよ。精霊は人へと憑依できますが、人は精霊へと憑依できない。明らかに人が主体となっているでしょう？　ゆえに、精霊は人を取り込めないけど、人は精霊を取り込めるのではないか。そういった単純な推理ですよ」

「うーん……経験上、俺はむしろ逆だと思うぞ。精神へ浸潤していくことは、取り込まれるということじゃないか？　本当に人が主体なら、精霊を取り込んで然(しか)るべきだ。人が精霊以上に精神へ浸潤できるのなら、それは精霊に取り込まれるということになる。これでは人が主体とは言えない」

「逆ですか！　その考えはありませんでした。ううむ、逆……うーむ」

「俺とアンゴルモアの関係だが、恐らくアンゴルモアの方が何倍も俺の精神へと浸潤してきている。あいつは俺の記憶や知識を小説のように読んでいたみたいだ。大半は理解できなかったようだが、俺しか知り得ない知識をいくつか共有できているくらいには、俺の精神を隅々まで読み込んでいた。だが一方で、俺はアンゴルモアのことを何も知らない。唯一、雷属性魔術を得たくらいだ」

「つまり、精神への浸潤は精霊が優位。浸潤とはすなわち取り込まれるということ。ゆえに、人が精霊を取り込む……？」

　俺の意見を伝えると、ムラッティはそのたるんだあご肉に手を当てて、難しい顔で何やらぶつぶつと呟きながら思考を始めた。

　そして、それから数十分経ち、ひとまずの結論へと辿り着く。

「精霊から与えられる魔術は、精神浸潤における対価である……拙者の新たな仮説です」

「……なるほど。俺以外で精霊に魔術を与えられたやつはいるのか？」

「拙者の知る限りでは、三人ほど。それも恐らくの話です。全て大昔の文献からでござる。二人が参ノ型まで、一人が肆ノ型まで習得しておりまして、それぞれ精霊の属性に応じた魔術であったかと。そして最も注目すべき所は、その三人が念話を使っていたという記録でして」

「念話を使う精霊術師は珍しいのか？」

「それはもう！　現状、セカンド氏とヴォーグ前霊王くらいでは」

　へぇ、あの肉体派美人エルフも。

「セカンド氏は伍ノ型まで与えられておりますから、その一体感とも言えるほどの浸潤具合、仮説にぴったり当てはまっているでござる」

「アンゴルモアが俺の精神へと浸潤するために、伍ノ型までを対価として支払ったと、そういうことか？」

「いえ、拙者は副次的にそうなると考えておりますよ。精霊がより深く浸潤しようとすれば、自動的に魔術等のスキルや知識がより多く共有されてしまうと。ただ、精霊が精神へ浸潤しようとする理由やきっかけは、よくわかりませぬが……」

確かに。使役者に魔術を与えられるのなら与えない手はないだろう。何か自在にできない理由があるのか、精霊によって差異があるのか、それとも恣意的なものなのか。

んー……。

「本人に聞いてみるか」

「はぇ……？」

だらだらと考え続けるのも面倒くさいので、俺は一番手っ取り早い方法を選んだ。

《精霊召喚》で、あの大王にお越しいただこう。

「──何用か？　我がセカンドよ」

ぎゅるるると回転しながら虹色のオーラと共に俺の背後へ派手に出現したのは、中性的な顔立ちに中性的な声でやたら仰々しい服を着た精霊の大王、アンゴルモアであった。

「　」

ムラッティは口をパクパクとして絶句している。

ここまでの至近距離で目にするのは初めてだろう。

確かに、俺も最初はこの神々しさに目を奪われた。最初だけは。

「おいおい、臭くて堪らんな。豚を家の中に入れるでない、汚らしい」

……まあ、こういうやつなんだこいつは。もう慣れた。

「ぶ、ぶたっ」

「お前以外に何がいるというのだ豚」

「……っ……！」

「しかしおかしいな、家畜のくせに服を着て眼鏡をかけておるぞ。時代は変わったなあ」

「い……イイッ！　も、もっと！　もっと罵ってくださいっ！」

「なんだ、最近の豚は言葉も喋るのか？　うるさいぞ黙れ。豚畜生風情が気安く話しかけるな。豚は豚らしく鳴いていろ」

「ぶひぃいいいいっ！」

……なんだこれ。

俺は恍惚の表情で吠えるムラッティを無視して、アンゴルモアへと話しかける。

「なあ、一つ聞いていいか」

「うむ、なんなりと申してみよ」

「俺が雷属性魔術を覚えただろ？　あれってなんなん」

「我らの相性が良いからよ」

「相性？」

「然様。浮世から離れた者ほど精霊と近しい。我がセカンドほど逸脱した存在であれば、並の精霊など呑み込まれて終わりよ。我がセカンドによって使役される精霊は、精霊大王たる我でなければならなかった。この出会いは必然である」

俺たちは出会うべくして出会ったというわけか。

ただ、浮世から離れた者ほど……って、つまり。

「(一度、死んでおろう?)」

「(……そういうことか)」

そりゃ逸脱するわな。

「精霊界とは、言わば彼の世と此の世の狭間。死を見つめ、生を賭す者のみが、我ら精霊と混ざり合う」

答え合わせだ。ムラッティの仮説は、概ね当たっていたが、少し外れていた。精霊の意思とは無関係に、使役者の精神の逸脱性が高ければ高いほどその精神へ浸潤、すなわち深く混ざり合い、取り込まれてしまうようだ。その過程で、精霊の持つ【魔術】も共有されてしまうと。

「だってさ。理解できたか?」

俺は「ありがとう」と一言感謝を伝えて、アンゴルモアを《送還》した。

「ぶひひぃ!」

「……もう帰ったぞ」

「あ、はい。わかりましたぞ。これ以上なく」

ムラッティはまるで賢者のような理知的な顔でキリッと返答した。どうやら満足の行く答えを得られたらしい。よかったね。

「じゃあ、次の話題に移るか」

「ま、ま、待ってましたぁ! ままま魔魔術ですな!」

あ、ままま星人だ。

「と言っても、これは習得方法を紙にまとめたから、後で読んでくれ」

「紙に⁉　まとめて……⁉」

「駄目だったか？」

「いえ！　いえいえいえ！　そんなことは！　ただ思いがけず家宝が増えることになったのでどうしようかと！」

ただのメモ紙が家宝ってお前……まあ、喜んでくれているようで何よりか。

「魔魔術は複合・相乗・溜撃（りゆうげき）の三種類だ。今回は複合の習得方法だけ完全に書いてあって、残り二つはヒントのみ書いてある」

こいつにとっては、そっちの方がより面白く感じるだろうと思ったのだ。そんな俺の目論見（もくろみ）は当たっていたようで、ムラッティはサプライズプレゼントを貰（もら）った少年のような笑顔になる。そして震える手で紙を受け取ると、三十半ばのオッサンにあるまじき興奮顔で読み始めた。

「む、むほほーっ！　おほ、おほーっ！　Ｆｏｏ↑」

加えて、気持ち悪い声が漏れ出てくる。

あまりにも気持ち悪かったため、俺は黙らせようと口をはさんだ。

「そんなにか。声が出るほどか」

「ええ、ええ！　これはもう魔術師向けのエロ本と言っても過言ではないです」

「なら家に帰って読んでくれ頼むから」

「……そ、それもそうですな」

ムラッティは「ぐへへへ」と実にいやらしい笑みを浮かべながら、メモ紙をインベントリに仕舞って立ち上がった。そわそわと落ち着きのない様子は、早く帰って中身を読みたくて仕方ないといった風である。

「またな。今日は楽しかったぞ」

玄関を出て、別れ際、俺は笑みを浮かべながら一言だけ伝えた。

素直な気持ちだった。チームの後輩にメヴィオンをレクチャーしているようで、なんだか昔を思い出したのだ。それだけではない。ムラッティの口から出てくるメヴィオンとはまた違った考え方の分析が、率直に面白いと感じたのである。

「あ、う、え……せ、拙者も、楽しかった、です。で、ではまた！」

ムラッティはつっかえつっかえになりながらも言い切り、お辞儀と敬礼をして去っていった。

あいつと【魔術】以外の話題で盛り上がれるようになるのは、まだまだ先だろうなぁと、そんなことを考えながら、俺はそのでかくて丸っこい背中を見送った。

……夏季叡将(えいしょう)戦、期待しているぞ。

「結局あの二人、食事すらとらずに八時間もずっとマニアックな話をしていたな」

「……私の勘違いでなければ、ご主人様は魔術研究の第一人者を相手に魔術を教えていましたね」

玄関に立つセカンドの後姿を見ながら、呆れ顔のシルビアとユカリが言葉を交わす。

二人は思った。「もしかしてオタク？」と。だからなんだという話であるが。

「いつの時代も、巨万の富を築く者は往々にして何処かオタク気質な天才のようです」

「うむ、確かにな。そして行動力があり、求心力があり、決断力があり、発想力があり、芯がブレず、他人に流されない人物だろう」

「まさに、という感じでしょうか」

「まさに、だな」

オタクが欠点にならないのならば、では他に何があるのか。二人は戯れに考える。

「欠点というと……こと戦闘においては、少々苛烈すぎる気もしますね」

「他人にもそうだが、何より自分にな。見ていて心配になることがままある」

「あと時折ですが子供っぽいです」

「加えて意地悪だな」

「口が悪い時もありますね」

「気に食わないことがあるとすぐ怒る」

「エコ贔屓」

「忘れっぽい」

「……物憂げな横顔が素敵」

「初対面の相手に何か失礼なことを言わないかいつも冷や冷やするな」

「鋭い視線がぞくりときます」

「それに金銭感覚がぶっ飛んでいる」

「声と背中と整えられた指先も好きです」

「かと思えば意外とケチなところもあるな」

「なんだかんだで優しいお方です」

「むぅ。おいユカリ、さっきから言っているそれはセカンド殿の欠点では――」

「――俺の欠点がなんだって？」

「な、い……ぞ……」

シルビアの背後から声がかけられる。シルビアがギギギとブリキ人形のように振り返ると、そこには額に青筋を浮かべたセカンドが立っていた。

「さて、私は夕餉（ゆうげ）の準備をいたしますので」

「ずるいぞユカリぃいいいいいい‼」

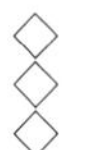

すっかり話し疲れて寝てしまい、翌日。今日はアルフレッドと約束をしていた。ビンゴ大会の景品で、アルフレッドの弟子となったミックス姉妹へ〝アドバイス〟をすることになっている。

「本日は世話になる」

玄関で綺麗なお辞儀をしながら挨拶をする壮年の男は、盲目の弓術師アルフレッドだ。

「…………っ」

「……よろしくお願いします」

その後ろには、姉のディーと妹のジェイの姿。二人とも不服そうな顔で一応の挨拶をしている。

「じゃあ、早速だがアドバイスをしようと思う」

俺は三人を連れて、家の中ではなく、家の外へと歩を進めた。

三人は意外そうな顔で付いてくる。この反応、彼女たちはてっきり「アドバイスは実技ではない」と思っていたのかもしれない。まさか。口で言うだけで劇的に進化できるのは素人まで。そこから先はひたすら地道な積み重ねだ。

「エルンテに勝てるようなアドバイスをくれと、アルフレッドからそう聞いていた。結構なことだ。だが現状、お前らには圧倒的に足りていないものがある。わかるか？」

道すがら、問いかけてみる。最初に口を開いたのは、妹の方だった。

「時間、でしょう。お師……エルンテ鬼穿将に、勝つためには、半年ではとても足りません」

「零点」

きっぱり言ってやると、ジェイは俺を睨みながらぶすくれた表情を見せる。

「姉、お前はどう思う」

「ディーよ」

「ディー。お前の意見は」

「……鬼穿将に、私たちの手の内が知られすぎているわ。何か作戦を立てないと」

「三十点」

確かに必要なことだが、それは現状で圧倒的に必要とされている要素ではない。全て（すべ）が揃（そろ）った後に考えるべきことである。

ふむ、妹より姉の方が、幾分か見込みがありそうだ。時間をかければいいと思っている間は、決して成長などない。姉に良い影響を受けてくれればいいが、駄目だった場合、彼女は落ちこぼれるだろうな。

「――正解は、エイム力だ」

それから数秒待って、答えを教えてやる。

エイム力とは即ち（すなわ）、迅速かつ正確に狙（ねら）いを定め、矢を標的へと命中させる能力である。

「エイムって……私たちは鬼穿将戦出場者よ？　舐（な）めないで！」

「姉さんの言う通りです。そんな基礎中の基礎、私たちはもうとっくに……！」

出た出た。砂上の楼閣在住の慢心傲慢（ごうまん）怠慢シスターズが。

「お前らのその傲慢で怠慢ですぐ慢心するところも徐々に更生していかないとな」

鼻で笑いながらアルフレッドの方を見ると、彼は俺の視線を感じ取ったのかニコリと微笑（ほほえ）んだ。

更生は任せておけということだろう。

「さ、着いたぞ」

十分ほど歩いて、ヴァニラ湖の湖畔に到着する。

ここは並の運動場よりも広いため、動き回ってもなんら問題はない場所だ。ただ、足場は相当に悪い。大小混合の砂利だらけで、普通に歩いていても安定しないことがある。

「ここで一体何をするのよ？」

「くだらないことだったら、承知しませんから」

単純に首を傾げるディーと、その陰から俺を威嚇するジェイ。アドバイスと聞いていたのに、なんの説明もなしに湖畔へ連れてこられたのだから、疑問に思って当然か。

「今日、お前らには、エイム力強化の訓練方法を教える。見て覚えて帰れ。以上」

「…………はぁ？」

「訓練方法だけですか？　それって、アドバイスでもなんでもありませんよね」

だって、訓練なら自分たちでもう既にしているから——とでも言いたいんだろうか。

「間違った訓練を続けるほど愚かなことはないぞ」

「お師匠様のお教えが間違っていると言うのですか！」

「え、いや、うん。そうだけども」

予想以上の剣幕で怒鳴られて、つい呆れ笑いしてしまった。

なるほど。どうやらジェイの方が、エルンテによる洗脳教育の効果が酷く出ているみたいだ。

「俺に歩兵弓術でボッコボコにされたあの爺さんを信じるか、歩兵弓術でボッコボコにした俺を信じるか。好きにしろよ」

俺は、二人を試すように二者択一を投げかけた。ちなみに俺が《歩兵弓術》だけでボッコボコのクソミソにできた理由は、ひとえにエイム力の差である。

「……いいわ、見せてみなさい。その訓練方法」

「姉さん⁉」

「ジェイ、冷静に考えるのよ。多分、彼の言う通りだわ。鬼穿将は、本当に、私たちへ嘘を教えていたのかもしれない」

「でも！　現鬼穿将はお師匠様です！　エキシビションでこの男に負けたのも実はわざとで、夏季に勝つための布石だったのかも……！」

「じゃあ……じゃあっ、どうして私たちを見捨てたの！　どうして、ミックス家の弓術指南役を放り出して何処かへ消えてしまったの！　どうして私たちは何十年も成長しないままなのよ‼」

「……ね、姉さん……」

溜め込んでいたものが一気に爆発したかのように、ディーは絶叫する。

ジェイはそんな姉の様子を見て、黙るしかなかったようだ。彼女も疑問に思ったのだろう。否、心の奥底では常に疑問に思っていたのだろう。エルンテの行ってきた数々の所業を。

「……もう、うんざりよ。目を覚ましなさい、ジェイ。今は目の前のことに正面から向き合うしかないの。自分の足で立つしかないのよ」

「…………っ」

二人はずっと、子供の如く扱われていたのかもしれないな。自立しないように、親の言うことを聞くように、そして傲慢であり続けるように。

九十九歳児と八十一歳児か、なかなかに酷いな。あのクソジジイ、上手いこと利用したもんだ。他者の人生をなんだと思ってんだろうか。全くイラつくね。

「さて、もういいか？　いいなら順次見せていくぞ」

まあ姉妹間のアレコレは俺には特に関係のない話なので一旦おいといて、本日の目的を優先しようと思う。時間は有限である。なるべくテンポ良く進めたい。

俺が急かすように尋ねると、二人はこちらを向いて頷いた。エルンテではなく俺を信じてみるということで、ひとまずの決着がついたらしい。

「理想から言う。近距離、中距離、遠距離。どんな距離でも、標的が動いていても、自分が動いていても、百発百中で当てられるようにする。お前らはそこを目指せ。そのための訓練方法は本来ならばそれぞれの距離で異なるが、一連の流れの中で大方を満遍なく訓練できるような方法を俺が過去に編み出した。今回はそれを教えようと思う。やって見せるから、理解しな」

「ちょっと、待ちなさい。遠距離って、どの程度よ？　それに自分も相手も動いているのに必ず当てるなんて……」

「不可能です。九割当てられるようにはできるかもしれませんが、百発百中なんて……」

あれ、なんかデジャヴ……。

「可能とか不可能とか、問題じゃねえよ。可能になるまでやれ。そのための訓練だろうが」

命中率が99％だったとして、決して負けられない試合の時、1％を引かないように毎回毎回祈るのか？　ゲームのシステムとしての命中率なら仕方がないが、ＰＳ(プレイヤースキル)としての命中率なら仕方なくないんだ。そこは絶対に妥協してはならない要素。そして、いつしかそれが前提となる。世界ランカーは俺と同じかそれ以上に仕上げてくる場合が殆(ほとん)どだった。そいつら相手に常勝するためには、百発百中など呼吸するように当たり前のことでなければならない。

「……可能に、なるまでって」

「そんな……無茶苦茶です」

二人はかなり弱気だった。その可能に限りなく近付く方法をこれから教えてやろうと言っているのに、聞く前から無理だと思ってしまっている。これもエルンテによる教育の賜物(たまもの)なのだろうか。

まあ、とりあえず見せるよりないな。

「昔、俺がやっていた方法だ。一セットだけやるから、見ていてくれ」

言いつつ、俺は地面に落ちている小ぶりの石を五個ほど右手に握る。

「ふッ……！」

そして、力一杯に真上の空中へとばら撒(ま)いた。俺のＳＴＲが高いため、石はかなり空の上の方へとぶっ飛んでいく。

直後、十五メートル前進、そこから時計回りに駆け出す。

落下してくる石の様子を観察しながら、石に優先順位をつけ、石へ向けて次々に《歩兵弓術》を射る。その間、足の動きは少しも止めない。

目標は、落下しきる前に全ての石を砕くこと。今回は当然成功した。五個はかなりぬるい方なのだ。十二個あたりからキツくなってくる。

この訓練の面白いところは、石がまだ高い位置にある頃から狙っても構わないし、落下してきてから一気に狙っても構わないしと、色々なやり方が考えられる部分だ。工夫の余地がある。最初は一個か二個から始めて、石がてっぺんあたりに来る頃を狙って射るのが簡単だろう。

「どうだ？　良い訓練になりそうか？」

一セット終えて、ミックス姉妹に聞いてみる。二人はぽかんと口を開けて硬直していた。

なあ、おい、と何度か声をかけて、やっと目の焦点が合う。それから最初に沈黙を破ったのは、ディーの方であった。

「……まず、弓術師の私たちが、石をあれほど高く投げられるわけないわよね？　雲の上まで飛んでいったんじゃないかと思ったわ」

「大丈夫だ、お前たちは石じゃなくて、これでやってもらう」

「フリスビー？　ああ、なるほどね」

納得したようだ。言わばクレー射撃のフリスビー版である。フリスビーなら雑貨屋で安く大量に手に入るし、高いＳＴＲを必要とせずに飛距離を出せるし、的としても大きいから初心者向きだし、なかなかに悪くない提案だろう。

「それにしても……貴方、相当なバケモノね」

「あんな小石を走って移動しながら五個も……正直、おかしいですよ、貴方」

出た出た。自分にできないからってすぐにバケモノ扱いだよ。

「うるさいな。できるまでやりゃあいいんだよ。そしたら夏季にはお前らもバケモノの仲間入りだ。やったなァおい」

笑いながら言うと、二人はジト目とともに呆れたような顔を見せた。

そして、溜め息ひとつ、真面目な顔で聞いてくる。

「で、本当に効果あるの？　この訓練」

「ああ、ある。保証する。色々試したが、多分これが一番効率良い」

この訓練は至極単純なようで、【弓術】のエイムに必要なあらゆる要素がぎゅっと詰まっている。自分が思っている以上に、様々な効果があるのだ。

当然、シルビアにも早い段階で教えた。それに、俺は未だにエイム調整をこの方法で行っていたりもする。効果抜群なこと請け合いだ。

「まあ、騙されたと思ってやってみな。一日最低でも五十セットやれ。足りないと思ったら百セットやれ。雨が降ろうが槍が降ろうがやれ。適宜工夫してやれ」

「わかったわ。百でも二百でもやってやろうじゃない」

「そうか。ジェイはどうだ」

「姉さんがそう言うなら」

「よし、ならこれでアドバイスは終わりだ。頑張れよ、応援してるぞ」

ぽんと手を叩いて、終了を宣言する。

すると、ディーは意外そうな顔でこちらを向き、それから挑戦的な目をして言った。

「……ふん。私たちを応援するなんて、後悔しても知らないわよ。貴方あの子の師匠なんでしょ？」

あの子って、シルビアのことか。そういや因縁があったな。なんだ、ディーのやつ、もういっちょまえにシルビアを脅かしているつもりでいるのか。冗談きついな。

「残念だが……夏季にエルンテをボコボコにするのは、うちのシルビアだ。お前らはどうしたらエルンテに勝てるかではなく、どうしたらシルビアに一発でも当てられるかを考えるべきだな」

「なっ……じゃあ、さっきの言葉はなんだったのよ！」

「いや、本心だ。お前らには頑張ってほしいと思ってるし、応援もしてるさ」

「──セカンド三冠」

挑発に挑発で返したところ、それまで後ろで黙って見守っていたアルフレッドが、唐突に沈黙を破った。

「夏季鬼穿将戦、楽しみにお待ちを」

……ああ、そうだろうな。ここからは、お前の仕事だ。しかし、嬉しいことを言ってくれる。

「同じことを二度は言わない主義だが、あえて言おう」

俺は満面の笑みで、アルフレッドの言葉に応えた。

「待ってる」

アルフレッドたちが帰った後、リビングでまったりしていると、ユカリが俺宛ての〝手紙〟を持ってきてくれた。

「え、手紙？」

はて。俺に手紙を出すような人物など、全く心当たりがない。

「む？　なんだこれは。宛名しかないではないか」

隣に座っていたシルビアが、手紙のおかしさに気付く。本当だ、差出人の名が書かれていない。

これじゃあ誰からの手紙なのか開けてみないとわからないぞ。

「ご主人様。こちら、カメル神国からの手紙のようです」

「マジかよ」

外側には『セカンド・ファーステスト様へ』としか書かれていないのに、よくわかるな。

「一度封を切られ、再度封じられた痕跡があります。恐らく検閲が入ったのでしょう。そのようなことをする国は、カメル神国以外にありません」

なるほど。誰が何処の誰にどのような手紙を出したのか、いちいちチェックしていると。うーん、実にあの国がやりそうなことだ。嫌らしいったらない。

「よし、開けてみようか」

「あけていい？　あたし、あけていい？」

「おう。開けていいぞ」

「うきゃーっ」

エコは何がそんなに面白いのか、手紙の封を開けるだけで大盛り上がりだ。

バリバリと豪快に手紙の上部分をむしり取って、中から三つ折りになった紙を引っ張り出す。

「えーと……」

冒頭は、時候の挨拶から始まり、それから「三冠達成おめでとう」といった内容が長々と綴られている。誰だよお前とツッコミを入れながら読み進めていくと、中盤あたりで「是非とも会って祝いたい」という風なことが書かれていた。だから誰なんだよお前は。

「むっ、何々、修道院にいる娘のレンコも会いたがっている……？」

「……ご主人様？」

「いや、知らん知らん」

何故か二人に非難めいた視線を向けられる。

決して現地妻とかではないぞ。本当にレンコなんて名前の女は知らないからな。

「しかしセカンド殿に対してやたらと親しげだな、この手紙の送り主は」

「娘のレンコ、と書いてあるということは、その父親か母親が手紙を寄越したということでしょうか。三冠王を相手にこの態度ということは、かなりの地位であるとも推察できます」

「あっ、いちばんした、なまえある！」

「あら、本当ですね」

「うむ。旧友、フランボワーズ一世より……？」

「フランボワーズ一世……私は聞いたことがありませんね」

「私もだ」

「あたしもー」

「…………」

……フランボワーズ一世……？

「────ッ‼」

フランボワーズ一世だと⁉

「ご、ご主人様？　如何されましたか？」

そんな、まさか。いや、しかし、間違いない。

俺の記憶が正しければ、フランボワーズ一世は──。

「……会わないといけなくなった」

「何？　では、カメル神国へ行くのか？」

「ああ……必ず」

あいつが生きているのなら、会わなければならない。なんとしても。

「それほどか。フランボワーズ一世とは、一体誰なんだ？」

シルビアが当然の疑問を口にする。

俺はなんと返そうか暫し考え、それからひとまずの答えを出した。

「……死んだはずの男だ」

三人の表情が強張る。「そんなはずはない」と言うのは簡単だ。だが、誰も何も言わなかった。

俺を信じてくれたのだろう。

死んだはずの男——正確には、クラックされたはずの男キャラクターの名前。

あの日、あの時、俺と同じ目に遭った、三千人のプレイヤーのうちの一人である。

世界ランキングは、確か二百位くらいか。大剣を振り回す筋骨隆々ムッキムキの重装騎士で、パワーでゴリ押しする男くさい戦闘スタイル。咥えタバコの似合う寡黙な大人の男という印象で、女にはモテないが男には憧れられるようなダンディなおっさんキャラだった。

そんななりのくせして、俺のことを「センパイ」と呼び、何処へ行くにも必ず付いてくるほど俺に懐いていた。きっと中身は年下だなと、そんなことを思った覚えがある。

……フランが、俺と同じ道を辿ったのなら。あいつも、今、この世界に、サブキャラの姿で転生しているのだろうか……？

「ユカリ、ウィンフィルドを」

「かしこまりました」

俺が指示を出すと、ユカリは即座に《精霊召喚》を行い、ウィンフィルドを喚び出した。

こういう時は、あーだこーだ悩んでいても仕方がない。何はともあれ、今はこの手紙の真意を読み取ることが先決だ。

「はぁい、セカンド、さん。おひさー」

「おう、久しぶり。来て早々に悪いが、とりあえずこの手紙を読んでくれ。こいつをどう思う？」

「んー」

グレーの髪色のツーブロ長身美人が、十五秒ほどでサラッと中身に目を通す。そして、相変わらず眠そうな目でこちらを見て、ゆっくりと口を開いた。

「多分、検閲突破のための、偽名。三冠を祝いたいとか、ぜーんぶ、フェイク。ただ、この、修道女レンコ。これが、窓口、かな」

「窓口？」

「うん、そう。どうしても、会いたいから、彼女に、接触してほしいってことだと、思うよ」

凄(すご)いな、うちの軍師様ったら、一瞬で送り主の目的を見抜いちまった。

もう流石(さすが)としか言いようがないが、ただ、一つだけ気になることがある。

「どうしても会いたい？　会いに来い、ではなく？」

「相手、きっと、す～ンごい、切羽詰まってる。会いに来てー、というか、助けに来てー、って感じかなあ」

「救助要請か」

「うん、明白。あの国で、今こういう手紙送るの、ちょーリスキーだろーし。窓口、用意するのも、ちょーギャンブルだろーし」

「なるほどなぁ」

「なるほどよ～」

つまり、フランボワーズ一世を名乗る手紙の送り主は現在、カメル教会の中枢にいるのだとわかる。俺に手紙を出していることが教会にバレたら粛清されかねない立場、すなわち教皇や枢機卿(すうききょう)のように権力のある位階ではない、助祭か、その従者か、それとも司祭か、はたまた……？

……まあ、会えばわかるか。行動あるのみだな。

「ウィンフィルド、助かった。とりあえずレンコとやらに接触してみるわ」

「ほいほーい」

感謝を伝えると、ウィンフィルドは手をひらひらとさせて眠たげに去っていった。かと思えば、《送還》される最後の一瞬、ユカリの目を盗んで俺にウインク&投げキッス。わーお、そういうの、わりとドキッとするなぁ……。

「せかんど、でかける？」

「ああ。ただもう日暮れだから、明日の朝かな」

「一大事なのだろう？　私たちのことは気にせず行ってこい」

「いってこーい！」

二人はこう言ってはいるが、内心では俺に行ってほしくないのだろう。笑顔が少し寂しげだ。

ムラッティやミックス姉妹との約束を終え、明日からは彼女たちに〝定跡〟を教えようと考えていた矢先の話である。タイトル戦のあの悔しさがまだ鮮烈に残っているに違いない彼女たちは、居ても立ってもいられないはずだ。なのに、俺を気遣って笑顔を作ってくれた。

……できるだけ、早く帰ってこよう。俺は心に決めて、頷いた。

「すまん。予定を前倒しにして、カメル神国の調査を先に終わらせる。二人の特訓はそれが済んでからにさせてくれ」

「うむ。その間、私たちは自主練だな。基礎を固めておいて損はないだろう？」

「概ね得しかないぞ」

「ではそうする。後は、そうだな、息抜きにダンジョン周回もいいな」

「あたしもいく！」

「おっ、エコも乗り気か。ならば明日にでも行こうか」

前言撤回。この二人、放っておいても勝手にどんどん強くなっていきそうである。やる気の塊だ。

こりゃ暫く帰らなくても大丈夫かもしれない。

「留守中はお任せください」

「ああ、頼りにしてる」

ユカリも本当に頼りになる。安心して留守にできるな。ただ留守中はというか常時ずっと家のことを任せっきりなので、いつも通りとも言えるが。

……あれ？　ファーステストって、ひょっとして俺いなくてもなんら問題ないんじゃ……？

「夕餉の支度をして参ります」

ユカリの尋常じゃない優秀さに要らぬ無用感を覚えているうち、すっかり日が暮れた。

晩メシは、カキフライに青魚の南蛮漬け、長芋のサラダと卵焼き、アサリの味噌汁。

もしやと思ってユカリを見やると、耳の先をほんのり赤くしながら熱っぽい視線でこちらを見つめていた。なるほど勉強になる。カキと青魚と長芋と卵とアサリって、精のつく食べ物なんだなあ。

結局、夜は一睡もできなかった。必要とされるって、気持ち良いけど、大変だ。

「いってらっしゃいませ、ご主人様」

「気をつけるんだぞ。余計な心配だろうがな」

「いってらぁー……」

翌朝。肌ツヤの良いユカリと、爽やかに微笑むシルビア、半分寝ているエコの見送りで、家を出発する。玄関を出ると、そこには、両の膝に手を当てて頭を下げた体勢のキュベロとビサイドが俺を待っていた。

「お嬢の件、何卒お頼み申し上げます」

「何卒！　よろしくお願いいたしやす‼」

〝お嬢〟……義賊弾圧の最中にカメル神国へと渡っていたらしい、今は亡き義賊R６の親分リームスマの娘「レイ」のことだろう。

現在の生死は不明。今のところ手がかりは名前のみだが、もし生きているとしたら当然ながら偽名で暮らしているに違いないため、あまり参考にはならない。

「連れて帰ると確約はできないが、可能な限りの調査はする。何か、彼女の特徴はあるか？」

流石に手がかりが少なすぎるので、尋ねてみる。

「有り難きお言葉です。名はレイ、歳は十七、百六十五センチほどの身長で、長い黒髪を茶に染めており、好んで真っ赤な口紅をつけておりました」

「よく親分に反抗しちゃあ家を出て、慌てて後ぉ追っかけた若い衆に鉄拳くらわせて黙らせてってなもんで、並みの男より腕っ節の強ぇ、ほんでもって気も強ぇ、とんでもねぇ跳ねっ返りでさァ」

「お嬢はカタギです。しかし幼少から私たち義賊と共に育ったせいか、少々、その……気性が」

「男に手厳しいといいやすか、男嫌いなところがありまさぁな。おいらもカシラも、よう怒鳴られとりましたわ」

なるほど、なんとなーくイメージが湧いてきたぞ。レイお嬢とやらは、つまるところ〝スケバン〟みたいな女の子なのだろう。きっと一人称は「あたい」だな。

「よし、わかった。任せておけ」

俺は「何卒」と頭を下げる二人に確と頷いて、それからあんこを《魔召喚》した。

いざ旅立たん。そう、彼女に《暗黒転移》と《暗黒召喚》をお願いするのだ。

「あんこ、暫く二人旅だぞ」

「まあ、まあ！　主様、あんこは嬉しゅうて堪りませぬ！」

「さっそく転移を頼んでいいか」

「ええ、御意に！　どちらへ参りましょうっ？」

あんこは尻尾をブンッブン振りながら俺に身を寄せて、行き先を聞いてきた。

これから向かう場所。そこは、現時点で最もカメル神国に近い地点。

「スチーム辺境伯の影へ飛んでくれ」

「承知仕りました」

あんこは記憶している影ならば何処へでも転移できる。たとえそれが人の影であろうとも。

カメル神国との国境付近の砦に居を構えているスチーム・ビターバレー辺境伯の影が、現在あんこが記憶している数多の影の中で最も適当な場所だと考えられた。

「――よお。久しぶり」

というわけで、転移する。

「………………」

スチーム辺境伯は、砦の執務室にいた。あまりにも突然現れたあんこと俺を見て、目を点にして絶句している。かと思えば、「はぁ」と溜め息を吐いて口を開いた。

「もし私がマスかいてる最中だったらどう責任を取ってくれるんです？」

「執務室で別のもんカイてるお前が悪い」

「ぐうの音も出ない正論をどうもありがとうセカンド卿」

流石は三十三歳の若さで辺境伯までのぼり詰めた男。少し話しただけでもう落ち着きやがった。

「で、私に一体なんの御用です？」

「いや、別に。カメル神国へ行くから、ついでにちょっと寄っただけだ」

「……本当になんなんですか貴方は。相変わらずおかしいですね」

「それほどでもない」

「褒めていません。褒めるとすれば、タイトル三冠おめでとう、くらいでしょうか」

「ありがとう。記念パーティに届けてくれた花輪もな」

「ええ。大いに感謝していただきたい」

早いところ恩を返さなければなりませんからとスチームは言葉を続ける。

一万四千のカメル神国軍を追い払った貸しが、お祝いの花一つ如(ごと)きで返されたら世も末だな。

「……万が一、億が一、もしかしたら、ひょっとしたら、お前に頼みごとをするかもしれない。とだけ言っておく」

「そういうの、一番嫌なんですよ私。日常の中でずっと気にしていないといけない。仕事中も、食事中も、ナニの最中もね。なんとも落ち着きません」

「悪いな。ただ、俺のために、たった一度だけ、無茶をする覚悟は決めておいてくれないか？」

今回の旅で、俺がカメル教会全体に多大な影響を及ぼすことになった場合、下手(へた)こいたら王国と神国で全面戦争だ。そうなれば、真っ先にお鉢が回ってくるのは辺境伯である。その事態を防ぐためにも、彼には即断即決で万の軍勢を動かすくらいのスピーディな無茶をしてもらいたいのだ。

ゆえに、俺はカードを切った。あの〝貸し〟を突きつけたのである。スチームは、いくら嫌でも、頷くよりないだろう。

だが、彼は、フッと鼻で笑い、余裕の表情でこう答えた。

「そんな大層な覚悟なんてね、あの日の夜からずっとしておりますよ」

やっぱこいつ面白いなぁ……と、改めて思う。

ありがとう、とは声に出さず。「またな」と一言、俺とあんこは彼の執務室を後にした。

そして、いよいよ足を踏み入れる。監獄にほど近い、過酷な宗教国家へ。

第二章　小せぇ聖地

さて、どうやってカメル神国に潜入しよう。密入国すること自体は大して心配していない。あんこの《暗黒転移》があるため目視できる影ならば何処へでも転移できる。検問などなんのそのだ。

問題は、入国後のこと。なんの変装もなしに街をぶらついていたら、まず間違いなく「あいつセカンドじゃね？」と騒がれる。如何な閉鎖的宗教国家といえど、流石に前人未到のタイトル三冠王の顔は知られているだろう。かと言って、仮面を付けるのは怪しすぎる。「俺は怪しい人物です」と宣伝して回っているようなものだ。

「なあ、ぼろぼろのローブみたいなやつ持ってないか？」

辺境伯の砦の廊下、俺はたまたま目の合った兵士らしき男にそう尋ねてみた。

ぼろのローブを纏ってフードを深く被り顔を隠せば、物乞いか何かに見えなくもないため、その場しのぎのカモフラージュ程度にはなるだろうと思ったのだ。

「はっ。私の普段使いの物でよろしければ」

「頼む」

男は実にきびきびと対応してくれた。俺が頷くと、彼は自身のインベントリから使い古した雑巾のようにぼろぼろな黒いローブを取り出す。

「年季が入ってるな。こりゃ使えそうだ」

「偵察任務の際、私が身に付けている物のうちの一着であります。どうぞお役立てを」

受け取り、身に纏う。なかなかしっくりきた。男に向き直り、「ありがとう」と簡潔に伝える。

……ん？　この男、そういえば何処かで……。

「その節は、お世話になりました……！」

男は俺の視線を受け、感極まったような顔で頭を下げてそう言った。

思い出した！　こいつ、カメル神国軍に人質に取られていた斥候か！

「斥候が変装に使うローブなら、折り紙付きだな」

俺が笑って言うと、男は無言で更に深く頭を下げ洟をすすりながら小刻みに震え出す。

明らかに助からない状況で助かったんだ、相当な感謝があるのだろう。ここまで感謝してくれるのは、こちらも気持ち良いものがある。人助けも悪くないかもしれない。

俺は「またな」と一言、フードを被り、清々しい気分で砦を後にした。

「あんこ。人目につかない場所を見繕いながら、あっちの方へ転移してくれ」

「御意に、主様」

時刻は十時、天気は冬晴れ。陽光が苦手なあんこにとってはあまり良いコンディションとは言えないが、晴れている分、影もまたはっきりと濃く映る。

俺たちは木の影から木の影へ、転々と移動していった。

盆地を越え、川を越え、草原を迂回して、カメル神国最初の街へと入る。

人目を避けて、路地裏から路地裏へ。検問所を無視して、街道を越え、次の街へ。

街の人間に転移がバレたんじゃねえかと冷や冷やする場面もあった。こんなことなら夜の間に移動すればよかったとつい後悔してしまったが、そうすると街の中以外は灯り(あか)も何もない真っ暗闇(くらやみ)を移動するハメになるので、やはりそれは可能な限り避けたかった。十中八九、人目を気にする必要のなくなったあんこが露骨に誘ってきて移動どころではなくなるからだ。

俺たちが目指す場所は、カメル神国の首都「オルドジョー」――カメル教の〝聖地〟と呼ばれる場所である。

キャスタル王国の首都ヴィンストンの半分にも満たないほど小さなこの場所に、カメル教会の総本山がある。ここは間違いなくカメル神国で最も閉鎖的な場所だ。フランからの手紙が本当に救助要請ならば、きっとやつは聖地オルドジョーにいる。そう確信が持てるほど、俺の知っているオルドジョーという場所は酷(ひど)かった。

ただ、一つ、わからないのは――フランほどの廃プレイヤーが、何故(なぜ)、救助なんかを必要としているかだが……。

「嗚呼(ああ)、主様はいけずで御座います。これほど体を密着しておいてお預けなど、あんこはもうどうにかなってしまいそうです……」

おおっと！　始まった始まった、始まりましたよ！　あんこの発情大作戦が！

俺たちが体を密着させ合っているのは、あんこが《暗黒転移》の後に《暗黒召喚》で俺を喚(よ)び寄せる際に必ず胸の中に抱える形で発動するからであって、決して俺のせいではない。事実、あんこが俺以外の人物を召喚する場合はきちんと体から離れた位置に出現させていたのを俺はこの目で確と見たのだ。ゆえに、これはあんこが故意にやっていることだと断言できる。

そろそろとは思っていたが意外と早かったな。あんこの熱い吐息が俺の首筋にかかり、俺までだんだん変な気分になってくる。

転移と召喚はそれぞれクールタイムが六十秒。すなわち、あんこが転移し、俺を召喚し、そのまま六十秒待機と、これを繰り返して移動する。

つまり、だ。今後、俺は移動の度に六十秒もの間、我慢の限界を迎えたあんこに誘惑され続けることになる。


「…………よ、夜まで待って」

「嗚呼、然様（さよう）につれないことは仰（おっしゃ）らないでくださいまし」

果たして、オルドジョー到着までもつだろうか……？


もたなかった。

ユカリ特製ディナーが今日になって効いてきたのか、昨夜に十六ラウンドもこなして疲れ切っていたはずの何某（なにがし）は元気いっぱい、天国ループで三連チャンする始末である。

真昼間っからナニをやってんだと一時は自己嫌悪に陥ったが、よくよく考えれば俺は悪くない。

いや、誘惑に負けた俺も悪いんだけれども……。

「主様、寒う御座いませぬか？　あんこが温めて差し上げます」

……あんこは暫く召喚していないうちに変わったな。具体的には、随分と甘えてくれるようになった。次第に遠慮がなくなってきている気がする。多分、良い傾向だろう。そう思いたい。

「いや、大丈夫だ。先を急ごう」

「さ、然様で御座いますか」

断ると、もふもふの耳をしゅんと萎れさせて、何処かしょんぼりとした顔をする。

以前ならば、糸目に微笑みを携えたままに、俺の言うことにただ従うだけで、このように眉をハの字にしたりはしなかった。

寂しかったのかもなぁ……もっと、一緒に居る時間を増やした方が良いかもしれない。

「……気が変わった。暫くこうしているから、そのままで俺の作戦を聞いてくれ」

「ぁ……はいっ、御意に！」

あんこの雰囲気が、花が咲いたように明るくなる。その目は細いままだが、口角はいつもより明らかに上がっていた。

そして、寝転がる俺の上半身をいそいそとその豊満な胸に抱きかかえると、愛おしそうに撫で始めた。俺は目を閉じて身を委ねながら、ゆっくりと口を開く。

「これからオルドジョーという街に潜入する。俺は潜伏しているから、あんこは単独で本部の修道院を訪ねて、レンコという修道女と接触してほしい」

「レンコ、で御座いますね」

女子修道院は基本的に、関係者以外の男は立ち入りできない。ぼろのローブを纏った物乞いの男など、以(もっ)ての外である。というか付近をうろついているのが見つかっただけでゲームオーバーだ。ゆえに、レンコとの接触はあんこに頼むしかない。

「ああ。その際、修道服を着て変装しろ。お前は修道女のフリをしてレンコに会うんだ」

「承知しました」

あんこが衆目に顔を晒(さら)したのは、対ヴォーグ戦の時の一度だけ。それも薄暗い夕暮れ時、最後の最後の数十秒間のみ、荒れ狂う黒炎の中でだ。

カメル神国内それも最深部のオルドジョーに、あの時のあんこの顔を完全に覚えている者がいるとは思えない。それに、魔人が修道服を着て一人で歩いているなど一体誰が予想できるだろうか。

「セカンドの使いで来た、だなんて馬鹿正直に言っちゃ駄目だぞ。何処に監視の目があるかわからないからな」

カメル神国では、言論の自由など存在しない。社会の至る所に潜む目と耳が、それを「反教会的だ」と判断したのならば、すぐさま〝粛清〟されるのだ。ここは、そういった国である。

「では、何と申せばよろしいのでしょう」

「七にまつわる話をしろ」

「数字の七で御座いますか？」

「そうだ」

手紙の差出人が本当にフランならば、そしてレンコという修道女が本当にフランの窓口ならば、間違いなく通じるはずだ。

「何気ない日常会話を装い、数字の七にまつわる話をする。それで何も反応がないようなら、ハズレだ。帰ってこい」

「承知いたしました。このあんこにお任せを」

実に優秀。死ぬほど強くて頭の切れる美人の狼、全く最高である。

「さて、では行こうか」

「ええ、参りましょう」

「――もし。こちらにレンコさんはいらっしゃいますか？」

「ええ。レンコにどういったご用件でしょう？」

「本日レンコさんと面会のお約束をしております、アンと申します」

「アンさんですね、少々お待ちください」

カメル神国首都オルドジョーの中央に位置するカメル教会本部、その女子修道院の受付にて、修道服を身に纏ったあんこはレンコとの面会を希望する。

受付をしていた修道女は、レンコへと確認を取りに歩いた。そして「面会の約束をしていた修道女のアンが訪ねてきた」と、ありのままの情報をレンコへ伝える。

彼女には、あんこのことが修道女にしか見えなかったのだ。カメル神国内では、修道女に人権らしい人権はない。ゆえに警戒が緩み、何処の支部の所属かも聞かずにレンコへと話を通してしまったのである。

「アン、ですか……?」

レンコという名前の修道女は、修道院の中にいた。少しウェーブがかった長めの黒髪をハーフアップにした、鋭い三白眼の美しく若い女であった。

彼女は報告を受け、直感する。例の手紙の一件か、と。

しかし、同時に違和感を覚えた。キャスタル王国に住んでいるはずの彼が手紙を受けてから行動を起こしたのだとすれば、あまりにも早過ぎるのだ。

「……確かに約束しました。彼女を面会室へ通してください」

会って、この目で確かめなければならない。レンコは面会することに決めた。

その十分後、面会室にて、あんことレンコが対面する。

「お久しぶりで御座います、レンコさん。七か月ぶりでしょうか」

「……久しぶりですね、アン。また少し背が伸びましたか」

そして、茶番が始まった。

開口一番の「七か月」という単語で、レンコは確信したのだ。彼女は、彼の関係者だと。

また、あんこも感付いていた。レンコの口調が、彼女本来のものではないことに。何かを隠している修道女、すなわち、目的の人物に相違ない。

互いに互いが求めていた人物であると認識し合った二人は、それから暫く、何一つ中身のない世閑話で時間を潰した。

「今日は話せてよかったです」

「ええ、こちらこそ」

面会時間が終了し、別れ際、立ち上がりその場を去ろうとするあんこをレンコが呼び止める。

「そうそう、これをおば様に。手製の御守りです」

「あら、ありがとう御座います。これできっと、母の病気も良くなることでしょう」

友人の母を心配し、御守りを手渡す。誰に聞かれていても、不自然でないように。

最後の最後まで、二人は友人同士という演技を続けながら、面会を終えた。


「…………っ……！」

あんこが去って、暫し……レンコは、冷や汗と体の震えが止まらなかった。

机一つ分の距離で対峙する間、嫌と言うほどに感じていたのである――〝格の違い〟を。

面会室へと足を踏み入れたその瞬間から、常に、気配もなく、音もなく、防ぐ間もなく、一瞬で、一方的に、至極残酷に、いつ捻り殺されてもおかしくない状況だった。彼女には、その身の毛もよだつ事実を、感じ取れるほどの実力があったのだ。

「くそっ！　なんなのさ、アレは……！」

三冠王セカンドが面会に寄越した女。異常にも限度がある……と、レンコは天を仰ぐ。

単純に言って、アレは、バケモノだった。

【体術】スキルの殆どを高段まで上げている彼女が、十人と束になったって敵わないだろう、正真正銘のバケモノだったのだ。

「……とりあえず、報告しないとね」

誰に。それが明らかとなるのは、誰もが寝静まった、夜――。

「御守り？」

「はい。こちらで御座います」

俺が潜伏していた路地裏に、修道院からあんこが帰ってくる。あんこはレンコから御守りを受け取ったと言って、俺に現物を手渡してきた。どうやら作戦は上手く行ったみたいだ。

「手紙か」

俺はその御守りとやらを手に取って、すぐさま気が付いた。中に何かが入っていると。外側の布を引き裂いて、中身を確認する。思った通り、そこには小さく折り畳まれた手紙が入っていた。

「今夜零時にオルドジョー北の森で、だとさ」

人目につかない森の中で密談しよう、といったお誘い。

しかし、オルドジョー北の森？　あそこはそこそこ強い魔物が出るが、大丈夫なのか？

確かに、魔物が出現する真夜中の森に人が入ってくることは滅多にないだろう。隠れて会うには適している。ただ、俺は問題ないが、フランに問題があるのではないかと思えた。

俺に救助要請の手紙を寄越したくらいだ。恐らく、フランはなんらかの理由で経験値稼ぎができない状況なのではないだろうか。そう、つまり……転生した直後からずっとカメル教会に閉じ込められている、とかね。だとすれば、一人で北の森に行くなど無謀である。

誰か代理を立てるのか、それとも、俺の杞憂か。まあ、行けばわかるだろう。

「主様がお話しされている間、あんこが周囲の魔物を掃除しておきましょうか？」

「ありがとう、そりゃ助かる。あんこは役に立つなあ」

「はいっ。あんこにお任せを！」

可愛い。役に立てるのが嬉しいのか、尻尾が凄いことになっている。

……それから、約束の時間まで、俺たちはオルドジョー郊外をぶらぶらと散歩して過ごした。陽光の差す場所は歩けないが、木陰から木陰へ手を繋いで歩くだけで、なんだか温かい気持ちになった。たまにはこういうのんびりとした一日も悪くない。

ただ、一回、晩メシをどうするかで言い合いになった。俺は一旦家に転移して晩メシ食ってまた戻ってこようと提案したのだが、あんこはどうも真っ暗な森の中で二人きりで食べたかったらしい。寒いし暗いし良いことはないと渋る俺と、それでも食い下がるあんことでぶつかり合い、最終的に仕方なく俺が折れた。

焚き火をおこし、あんこが狩ってきてくれた謎の動物の肉を塩焼きにして食べる。あんまり美味しくなかったが、あんこが幸せそうなのでよしとする。

「さて、そろそろか」

長針と短針がてっぺんで揃おうかという頃、俺は約束の場所で一人佇んでいた。あんこは、ここ周辺の魔物を湧いては潰し湧いては潰しと掃除して回っている。俺は何も動いていないのに、経験値ががっぽがっぽと入ってくるから間違いない。

そして……二分遅刻して、真っ黒い服を着た女が現れた。

「――驚いたよ。魔物が全然いないじゃないのさ」

長い黒髪をポニーテールにした、切れ長の三白眼の若い女。身長は女にしては高めで、白い肌に赤い口紅が映えている。

「相方が綺麗好きでね」

「ああ、あの女かい。じゃあ?」

「俺がセカンドだ。お前は?」

「あたいはレンコ。へぇ、あんたが……」

密会にやってきたのは、修道女のレンコだった。

彼女はただでさえ鋭い目を更に尖らせ、俺を品定めするように観察している。

フランのやつ、予想通り使者を寄越してきた。ということは、やはり何か身動きが取れない事情があるのだろう。

……………いや、それよりも何よりも、気になって仕方のないことが一つ。

一人称が「あたい」って、もしや……。

「なあ。本題の前に一ついいか」

「何さ。くだらない話はよしておくれよ」

「お前の本名、レイだろ」

「――っ‼」

おっ、ナイス反応。三白眼を見開いて「どうしてあたいの名を⁉」みたいな顔をしている。どうやら顔に出やすい子のようだ。

「ありがとう、よくわかった」

「……何を言ってるんだい？　人違いだね。あたいはそんな名前知らないよ」

「信じる信じないは任せるが、今、俺の家にキュベロとビサイドがいる。カメル神国へ行くならお嬢の安否を確かめてきてくれと頼まれた」

「…………ふん。レイなんて女は、もう死んだんだよ。ここにいるのは、ただの修道女のレンコさ」

「そうか。じゃあ本題に入るか」

「な……なんなんだい、あんた」

少々面倒くさい雰囲気を察したので、スパッと話を切ってみる。案の定、レンコは肩透かしをくらったように戸惑っていた。

「で？　なんのために俺を呼んだ？　いや、回りくどい話はなしだ。俺は誰を助けりゃいい？」

「！　ふぅん……そこまでわかってんのなら、話は早いね」

呆れたり驚いたりと表情豊かな彼女は、深呼吸を一つ、真剣な顔で口を開いた。

「――ラズベリーベル様の、力になっておくれよ」

どうだ、驚いただろう？　というような口ぶり。いや、ええと……。

「誰？」

「嘘（うそ）だろあんた⁉」

大声を出させてしまった。

「すまん、知らん。有名人？」

「カメル教の聖女だよ！　このクサレ神国じゃあ赤ん坊でも知ってる名さ！」

聖女！　以前から気になっていた存在だ。へぇ、ラズベリーベルという名前なのか。

……………お、おい、待てよ。ということは、つまり、だ。フランボワーズ一世は、聖女になったのか？　あのムキムキのオッサンが？　カメル教の聖女？　冗談だろ……？

「待て、目眩（めまい）がしてきた……」

あまりにもイメージとかけ離れ過ぎていて、〝聖女ラズベリーベル〟という言葉が全く入ってこない。俺の脳が受け入れを頑（かたく）なに拒否している。

「ふん。驚くんなら最初から素直に驚きな」

違う、いや、違くはないけど、ベクトルが全く違う。

ただ、驚きはしたが、納得はできた。つまり、フランは何故（なぜ）か聖女としてカメル教会に祭り上げられて困っているのだろう。加えて、担ぎ上げられているのだ。客寄せパンダならぬ信者寄せ聖女。教会としても手放せないに違いない。軟禁状態というのも頷（うなず）ける。そりゃ助けを求めるわけだ。

「とりあえず、わかった。聖女を助けりゃいいんだな。聖女は今、何処にいる？」

「え……ちょ、ちょいと待ちなよ。なんだい、その、今から助けに行くみたいな言い方は？」

「転移魔術を使える。聖女を俺の家に転移させりゃ、一発だ」

「……今度はあたいがくらくらしてきたよ」

何か変なことを言ってしまっただろうか？　……ああ！　そういうこと。

「すまん、そうか。突然いなくなったら追われる身だな。人目に怯(おび)えて暮らすのはゴメンってか。それは俺も同感だ。よし、じゃあ、もうカメル教をぶっ潰そう」

「あんた……仕舞いにゃ殴るよ」

怒られた。何故？　納得いかない。

「大本を潰すってのは、なかなか良いアイデアだと思うが」

「ラズベリーベル様をそんな危険な状況に巻き込もうってのかい？　それにね、あんたの正体がバレたら下手(へた)すりゃ全面戦争さ。話はそんなに簡単じゃないんだよ」

なるほど、確かにその通りかもしれない。現状、俺には上手(うま)く正体を隠せるような方法がない。もし何かの拍子で俺がカメル神国を大混乱に陥らせた犯人だと判明したら、戦争勃発(ぼっぱつ)の引き金になる可能性も否めないだろう。

「じゃあ教皇と枢機卿(すうききょう)を一人残らず皆殺しに……」

「ふざけたこと言ってんじゃないよ！　いくらあんたが強くても、できることとできないことがある。カメル神国全域に潜まれてみな、一人一人探して回るってのかい？」

「全員が集まる機会とかないのか？」

尋ねてみると、レンコはハッとした表情を見せる。

「あ、あるにはあるけど……あんた正気かい？」

「さあね。どう思う？」

至って正気という風に見つめ返すと、彼女は腕を組んで黙ってしまった。

それから数秒、考えがまとまったのか、レンコが沈黙を破る。

「……あたいは反対だよ。分の悪い賭けさ」

「だったらお前は何か案があるのか？」

「今ある手札じゃ、あんたが最初に言った方法が一番マシだね」

あんこの転移で聖女だけ救出して逃げるってアレか。

よくよく考えれば、ありゃ問題点だらけだった。聖女が突然消えたらカメル神国は大混乱、そしてその聖女がキャスタル王国にいると判明したら、間違いなく大戦争。つまり、外出すらろくにできやしない。ただ閉じ込められている場所が移っただけだ。急場しのぎにはなるだろうが、根本の解決にはなっていない。

「……自分で言っといてなんだが、俺は賛同しかねる。追われる身ってのは落ち着かないもんだ。どうせならスッキリしておきたいだろう？」

「はぁ。話にならないねぇ……」

禍根が残りそうな逃亡が気に入らない俺と、危険を冒すことに乗り気ではないレンコ。意見が真っ向からぶつかり合った。このままでは、話は平行線だろう。他に何か良い案があればまた話は変わってくるが、俺とレンコにはこれが限界のようだった。

互いに無言のまま、考えを巡らせる。

そして数十秒後、レンコは時計を一瞥して、眉根を寄せると、溜め息まじりに言った。

「ちっ……タイムアップだよ。あたいは一度、ラズベリーベル様にお伺いを立ててみる。また明日、この時間にここで落ち合うよ」

「ん、了解」

そうとだけ言い残して、彼女は足早に去っていく。AGIの高さが見て取れる移動速度だった。

聖女ラズベリーベルが、本当に俺の知っているフランならば、多分、俺の案に賛成するだろう。あいつはネトゲ云々などお構いなしで上下関係に厳しいやつだった。「きちんとセンパイの言うこと聞かんかい」くらいは言っていてもおかしくない。

だとすれば、もっと良い作戦を練っておくことも必要か。

……帰ってウィンえもんに聞いてみよ。

◇◇◇

「きちんとセンパイの言うこと聞かんかい」

「し、しかし」

「もー。なんべんも言わせんといてや」

「……はい」

赤と白の交ざり合ったロングヘアにスレンダーなモデル体型をした超絶美形の女が、侍女であるレンコへと指示を出す。

彼女は慣れた手つきで自身の髪をひと撫でると、窓の外に広がる空を物憂げな表情で見つめた。

決して外には出られない、格子付きの窓。ふぅっと息を吹きかけると、窓ガラスが薄らと曇る。

その白魚のような指で、彼女はそこに相合傘を書き……自分の名前を入れるところになって、指の腹でこすって消してしまう。

いつも、そうであった。相合傘は、完成しない。

「難儀やなぁ、ほんま……」

◇◇◇

お家のベッドでぐっすり寝て、翌日。

俺はウィンフィルドにアドバイスを貰うため、ユカリに《精霊召喚》をお願いする。

「……少しだけですよ」

ユカリはちょっぴり口を尖らせて、渋々といった風にウィンフィルドを喚び出してくれた。

嫉妬心だな、気持ちはよくわかる。俺も、明らかにユカリに気がある相手をユカリに会わせたいとは思えない。

特に独占欲の強い彼女のことだ、日帰りとはいえ、あんことの二人旅についてもあまり良くは思っていないだろう。いや、ユカリだけではない。シルビアも寂しい思いをしているかもしれない。

何処かで二人に埋め合わせをしないといけないな。あーあ、まるで何股もしているクズ野郎だ。いや、事実、三股しているが……ぎりぎりクズ野郎ではないと思いたい。まだクソ野郎程度だ。

「やーやー、セカンド、さん。何かなー？」

「単刀直入に聞いていいか」

「どーぞー。カメル神国を崩壊させる方法？　聖女を救出する方法？　それとも、両方？　もしかして、ボコボコー？」

「ＹＥＳ！　相変わらずエスパーだなお前……」

「それほどでも～」

なんで知ってんだよ、というツッコミを飲み込む。そういえばユカリが、ウィンフィルドはメイド隊を使ってカメル神国周りの内偵調査をしていたと言っていた。俺の知らない所で色々と頑張ってんだな、ウィンフィルドも。

「教会を、ボコボコにする方法は、いっぱいあるけど、どんなのがいい？」

「なるべく楽で、なるべく安全で、スッキリするやつがいいな」

案がいっぱいあるらしいので、レンコの意見も取り入れつつ相談してみる。

「んー。じゃあ、革命、しちゃおっか」

「革命？」

「うん。オルドジョーの、西の西のそのまた西に、反教会勢力が、潜伏してる。いわゆる、革命軍みたいなやつだね。といっても、武装した、農民とかだけど」

ゲリラ？　レジスタンス？　パルチザン？　よく知らんが、多分そんな感じの勢力だろう。

「そいつらを利用するってわけか」

「そ。革命軍を、蜂起させて、その混乱に乗じて、聖女を救出。これで行こー」

なるほど、確かに楽だ。俺とあんこだけでやろうとしていた面倒事を、ある程度は革命軍に任せられるようになるということだからな。ただ……。

「そんなに簡単に行くか？」

「もっちろん、セカンドさんは、裏で、革命軍に協力してね。革命軍、チョー弱いから。蜂起と同時に、教皇暗殺くらいできたら、御の字ねー」

ほほう、教皇の暗殺。俺も考えたな。なんとなくこれやっときゃ間違いないような気がして、「とりあえずビール」みたいに思っていたが、これって果たして本当に効果があるのだろうか？

というか、教皇が諸悪の根源で間違いないのだろうか？

「そもそも教皇ってどんなことしてんの？」

「ヤベーやつだよ。ブラック教皇っていうんだけど、もうカメル神国は、カメル神の国じゃなくて、ブラック教皇の国って言った方が的確なくらい、私物化してるよ。国民から、知も、富も、力も、ぜーんぶ奪ってる。全(すべ)てはカメル神の前に皆平等、とか言って、その実、反抗されないようにね。

お勉強したら粛清、お金稼いだら粛清、勝手にスキル覚えたら粛清、みたいな。あ、粛清って、死刑のこと。教会中を恐怖で支配して、国民には、ただただ信仰させるだけ。それで、自分に都合の良い教義をぽこぽこ作って、信者にただ働きをさせるわけだね」

うわ懐かしい。思い出した、ブラック教皇だ。いたなぁそんなの。わりと早めに死ぬＮＰＣ（ノンプレイヤーキャラクター）だった気がするが、まだ教皇やってんのかよ。メヴィオンのストーリー上でも、あいつはとんでもないクズだった。この世界のブラック教皇は、更にクズに磨きがかかっていそうである。

「よーくわかった。そいつの暗殺はなかなかに効果がありそうだ」

「うん。でも、タイミングが、重要だよ。単に暗殺するんじゃ、掻（か）き乱すだけで、あんまり効果ないから。第二第三の、ブラック教皇が、生まれちゃう」

「暗殺と同時に革命派が国を掌握しないと駄目ってこったな？」

「そうそう。あと、絶対、セカンドさんが暗躍したって、バレちゃダメ。面倒くさいことになるよ」

革命が失敗したらあっちとこっちで大戦争になるだろうが……そうか、成功したらしたで、一部には恨まれ、一部には英雄視されるわけだな。

加えて「キャスタル王国にいるジパング国の全権大使がカメル神国の内政に干渉した」とかいう意味不明な事実ができあがってしまう。俺は国際的に要注意人物と警戒され、信用はがた落ち。そのうえ聖女が俺の敷地に移り住みましたとくりゃあ、もはや何も言い訳できない。

俺だけならまだしも、ファーステスト全体の問題として考えてみると、途端に頭が痛くなる。そりゃ確かに面倒くさいわ。

「了解。ただ、バレないようにする方法がなぁ……」

ぼろのローブだけでは些か心もとない。あんこに全て任せてしまうのも手だが、それだと今度はあんこを人前で召喚し辛くなる。あんこにローブを着せて仮面をつけるか？　しかし気付く人は気付きそうなものだしな……修道院では運良くバレなかったが、カメル神国の中枢にそういった情報に詳しい人間がいてもおかしくはない。

「セカンド、さん。〝レイス〟って、テイムできる？」

俺が頭を悩ませていると、ウィンフィルドがおもむろに尋ねてきた。

レイス！　そうか、その手があったか……だが。

「……かなりムズイ。最短でも一週間はかかると思う」

「そっかー」

変化を得意とする魔物〝レイス〟は、平時でもなんらかの魔物に化けてうろついている。大まかな出現場所は把握しているが、山一つ分ほどと如何せん範囲が広い。そのうえレイスはなかなか出現しないレアな魔物である。ゆえに、探して回るのは相当に骨だ。

また、テイム方法も難易度が高い。レイスはＨＰとＶＩＴが非常に低いため、テイムの条件である「ＨＰを八割削る」という工程をすっ飛ばして一撃死させてしまいやすいのだ。今の俺のステータスなら、16級の《歩兵槍術》でも下手したらワンパンである。だからと言って、魔物を素手で殴って回ったら、今度はその魔物がレイスじゃなく本物だった場合、反撃でこっちが痛い思いをすることになる。

「んじゃ、仕方ないね。ぎりぎりまで、レイスのテイム頑張って、もし駄目だったら、暗殺は、あっち側の武器に、任せよう」

「あっち側の武器？」

「レンコって、窓口の子、結構、強いんじゃない？」

「お見通しか……」

ウィンフィルドの言う通り、ただの修道女にしては強かった。恐らく、フランがスキル習得条件や経験値稼ぎの方法をこっそり教えて育成したのだろう。

つまり、フランはレンコを利用している――カメル教会の呪縛から自身を解放するための〝武器〟として。

……確かになあ。彼女に暗殺を任せてしまえば、楽で、安全で、俺にとっては良いこと尽くめである。だが、なんだか、スッキリしない。

理想は、俺がレイスをテイムして、変装を完璧にすることだろうな。

「よし、概ね理解した。俺はこれからレイスのテイムに向かって、今夜の密談でレンコに作戦を伝えてくる。その後は、革命当日までテイムを粘ってみるわ」

「じゃー、私は、革命軍に、話を通しておくね」

「ああ、助かる。ありがとうウィンフィルド」

「なーに。こっちこそ、感謝、だよ。面白くなりそうで、わくわくしちゃうねっ」

感謝を伝えると、ウィンフィルドは実に楽しそうな顔で笑った。

相変わらず、こいつは政争や戦争をゲームか何かだと思っているようだ。

その笑顔を見ていると、思わずこちらも口角が上がってきてしまう。

「そういうとこ、わりと好きだぞ」

つい、口が滑る。

彼女は「へっ……?」と小さく声を漏らし、目を点にして沈黙したのち——ボフンと、顔を真っ赤にして固まった。

「終了ーッ！　終了です！　ご主人様、さっさとテイムに出かけてください！」

鬼の形相のユカリによる《送還》で、軍師への相談は幕を閉じた。

ふと思う。やっぱり俺、クズ野郎かもしれへん……。


「お嬢が⁉」

レイスのテイムへと出発する前、俺はひとまずの報告をしようと、キュベロを呼び出して、レンコの件について伝えた。

「ああ。ただ、何かワケアリのようだ。レイなんて女はもう死んだんだと、そう言っていた」

「左様ですか……いえ、しかし、無事でよかった。セカンド様、このキュベロ、元お嬢の身内として、心より感謝を申し上げます……！」

キュベロは安心したような顔を見せ、それから俺に頭を下げる。

クールなキュベロにしては珍しく、普段より少しばかり声がでかい。ビサイド以来、ようやっと見つけた生き残りだ。感極まっているのだろう。

「まあ、お礼はおいといて。何か思い当たることはないか？」

「思い当たること……で、御座いますか？」

「そうだ。彼女がレイという名前を捨てレンコとして生きている理由。それがわかれば、もしかしたら連れ帰る方法が見つかるかもしれない」

　できることなら、会わせてやりたい。そう思い尋ねてみると、キュベロは考える人のポーズで黙し、それから数秒後に口を開いた。

「お嬢は昔から一本筋の通ったお人でした。並の若い衆より侠気があるといいますか、義理堅く人情に厚いお人です。ですから……何ゆえか、レンコと名乗らなければならない義理のようなものができたのではないかと、私はそう推察します」

「義理？」

「はい。リームスマの娘の名を捨ててでも、確りと筋道を通す。一生の借りは一生を懸けて返すでしょう。お嬢ならば、きっと」

「なるほどな……なんとなくわかった。頑固なやつなんだな」

「はい……お嬢を、何卒よろしくお願いいたします」

「任せろ」

　再び頭を下げるキュベロを尻目に、俺は家を出る。

……義理、か。まあ、十中八九、聖女ラズベリーベルへの義理だろうな。

さて、吉と出るか、凶と出るか……。


「――待たせたかい？」

「いいや。待ち時間は昨日より一分短いな」

「ふん。時間に細かい男は嫌われるよ」

「時間にルーズな女よりはマシだ」

深夜零時一分。昨夜と同じ森の中で、レンコと合流する。

ん？　テイムはどうだったかって？　うるさい黙れ。

「で、聖女サマはなんだって？　きちんとセンパイの言うこと聞きなさーいってか？」

「っ！　あんた、本当に気に食わないね……っ」

図星だったようだ。

「じゃ、作戦を練ってきたから共有しよう」

俺はすぐに本題へ入ろうと、今朝ウィンフィルドと話し合った作戦をレンコへ伝えることにした。

すると、レンコは舌打ち一つ、俺の話を遮るように口を開く。

「……話に入る前に、ちょいといいかい」

これまでにない、真剣な表情。そして、彼女は、驚きの言葉を口にした。

「あたいと勝負しな」

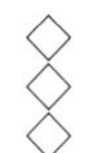

「え、なんで？」

セカンドは、思ったままの言葉を口にする。

今ここでレンコと勝負をする意味が何一つ理解できなかったのだ。

「あんたが本当に役に立つ男なのか、あたいが見てやるって言ってんのさ」

「……へぇ」

レンコの挑発に、セカンドはものの見事に引っかかる。否、引っかからざるを得なかった。世界一位は、舐められたままではいられない。その習性を上手く突いた挑発であった。

そう。レンコには、不思議なことに勝算があった。前人未到の三冠王を相手に戦って勝つ自信が。

「本物の喧嘩が、タイトル戦なんていうごっこ遊びじゃあないってことをあんたに教えてやるよ」

余裕の表情で宣言する。素晴らしい挑発。

しかしながら、些かやり過ぎた。この一言で、セカンドがプッツンしたことに、彼女はまだ気付いていない。

「やってみろよ。先手は譲ってやるから」

「なんだい、三冠王サマは自信満々だねぇ。じゃ、お言葉に甘えさせてもらうよっ……！」

レンコは素早くバク転してセカンドから距離を取ると、両の拳を胸の前で突き合わせる。

いざ、これから喧嘩をおっ始めようという、気合の入った〝ポーズ〟。

――まさか。セカンドの予想は、直後、彼女のスキルの発動によって肯定された。

「変身ッ‼」

《変身》スキル――この世界において習得方法を知り得る者はセカンドくらいなものだと思っていたそれを、彼女は習得していたのだ。

言わずもがな、であろう。それを彼女に教えたのは、紛れもない、セカンドと同郷の存在。聖女ラズベリーベル。

「……なるほどなぁ」

ここで、セカンドは納得した。彼女の自信の出処に。

如何な三冠王といえど《変身》した自分には勝てないだろうというのが、レンコの考えであった。

事実、レンコは【体術】スキルの龍馬・龍王以外を全て高段に、【剣術】スキルも龍馬・龍王以外を全て段位にしているため、九段《変身》後の3・6倍されたステータスであればセカンドの純ステータスに勝っている。単純に考えれば、レンコが圧倒的優位なのだ。

タイトル戦ではなく、〝なんでもあり〟の喧嘩なら三冠王にも勝てる――そう勘違いしてしまっても仕方がないほどのアドバンテージと言えた。

「さ、行くよ」

風属性の《変身》を終え、拳を構えるレンコ。身に纏う修道服はまるでスケバンの制服のように変貌し、フードがめくれて長い黒髪があらわとなり、その顔には目元を隠すように風をモチーフとした仮面が装着されている。真っ赤な口紅が映えるその形の良い唇は、揺るぎない自信によって不敵に笑っていた。

　舐められてなるものか――彼女もまた、考えることはセカンドと同じ。舐められたら負け。骨の髄まで染みついた信念。セカンドにも、彼女にも、譲れない矜持があるのだ。

「…………」

　レンコの変身を見て、セカンドは黙する。

「びびり上がってんのかい？」と、レンコは更に挑発しようとして、寸前で口を閉じた。どうにも、セカンドの様子がおかしかったからだ。

　この時、セカンドは、悠長にも考えごとをしていた。

　どうしよっかなあ――と。昼食を蕎麦にしようかうどんにしようか悩むように、はたまたまな板の上に転がる魚の調理法を悩むように。

　敵とすら認識されていない……そう感じたレンコは、俄かに激昂する。

「舐めんじゃないよっ！」

　ズンッと地面を踏み込み、弾丸の如き速さで間合いを詰めるレンコ。その右の拳に乗せるのは、強力な単体攻撃スキル《銀将体術》であった。

　変身によって３・６倍となったＡＧＩとＳＴＲによる接近と攻撃。躱せるわけもなく、当たれば確実に決定打、この一撃で勝負は終わる――と、レンコはそう信じて疑わない。

　捉えた！　レンコが確信した、次の瞬間。

「――え」

彼女は仰向けに倒れていた。そして、直後――

「う、あああぁッ⁉」

全身の骨が砕けるような衝撃が彼女を襲い、《変身》によって高められていたHPがその半分ほどにまで削れる。

何故⁉　何故⁉　何故⁉

遅れて襲い来る激痛。彼女はパニックに陥りながらも、なんとか起き上がり必死に考える。

その答えは、セカンドの口から出ることとなった。

「銀将盾術のパリィは反撃効果が乗るんだ。お前のＳＴＲが無駄に高かった分、でかいダメージになったな」

「……………な、なん、だってっ……？」

レンコは混乱を極める。

セカンドは、あの一瞬でパリィしたというのだ。しかし、今、セカンドは盾を装備していない。

つまり、レンコが《銀将体術》を発動した瞬間、セカンドは盾をインベントリから取り出し、《銀将盾術》を発動し、タイミングを合わせてパリィし、盾をまたインベントリに戻したということ。

もはや意味不明。理解の範囲を遥かに超えている。

「うっ⁉」

レンコが唖然としていると、その頭にばしゃりと液体がかかった。

セカンドが高級ポーションをぶっかけたのだ。レンコのHPは見る見るうちに全回復した。

「なあ、ほら、さっさと教えてくれよ。本物の喧嘩ってやつをさあ」

意地の悪い言葉が投げかけられる。

……立ち上がるしかない。立ち向かうしかない。

レンコに、逃げ場はなくなった。否、退路など、端(はな)から存在しない。

「――シィッ！」

立ち上がりざま、不意を突いた一撃。

その刹那(せつな)、インベントリから取り出した長剣によって繰り出された《桂馬剣術(けいま)》は、セカンドの腹部を突き刺さんと急激に加速する。

完璧(かんぺき)な不意討ちだった。長剣を取り出したことによって、突如としてリーチが伸びたのだ。これを躱せる者などいないと、レンコ自身が確信するほどの会心の突きだった。

「…………え……」

だからこそ、何が起きたのか、理解できなかった。

「相殺。まさか知らないわけないよな？　魔術にもあるように、剣術にもある」

セカンドが馬鹿にしたように言う。

レンコの頭の中は一瞬にしてぐちゃぐちゃに掻(か)き乱された。

確かに今、放ったはずの攻撃が、突如として消滅したのである。そんなの、誰(だれ)だって大混乱だ。

相殺？　知るわけがない！

「知らんのか。やり方は、剣の速度と方向を揃えて同系統のスキルをほぼ同時に発動するだけだ」

「！？！？！？」

そして、驚くべきことに、セカンドはその相殺の〝やり方〟を口にした。

それをレンコに教えることなど、損でしかないはずなのに。

まるで、知っていて当然の知識だというように、余裕の顔で語った。

更に恐ろしい事実は、相殺がセカンドの言った通りの技術だったとして、それ即ち、セカンドは
レンコの完璧な不意討ちを予測する形で、インベントリから剣を取り出し、速度と方向を揃え、
《桂馬剣術》をほぼ同時に発動したということ。

――あまりにも、差があり過ぎる。圧倒的と言うのも烏滸がましいほどの差だった。

「……これしきで、イモ引くあたいじゃあないね」

震える足に力を入れて、レンコは起き上がる。

次元が違う。それを痛いほど理解させられたが、それでも、彼女は根性で立ち、意地で対峙する。

「そう来なくっちゃな」

セカンドは、長剣をインベントリに仕舞いながら、心底嬉しそうに笑った。

……それから数分間、レンコは一方的にしごかれた。

そして、身をもって学んだ。本物の喧嘩、即ち〝なんでもあり〟のルールは、ステータス差よりも、スキルの種類が豊富な方が有利だということを。

だが、幸いなことに、彼女はまだ気付いていない。タイトル戦出場者ならば気付いたかもしれな

い、身の毛もよだつ恐ろしい事実に。

それは、〝なんでもあり〟の対戦において、セカンドという男は、タイトル戦以上に実力を発揮するということ。タイトル戦のように単一のスキルに縛って対戦を行う場合と比べ、複数の種類のスキルを組み合わせられるこの対戦は、とれる戦術が何百倍も何千倍も幅広くなる。ゆえに、セカンドの持つ定跡セブンシステムは、より深く根を伸ばし大いに枝葉を広げるのだ。

レンコは、何もできなかった。何も。何一つ。《変身》して尚、生身のセカンドに指一本触れることさえできなかった。

もはやハメ殺しである。セカンドの繰り出す一手に対する「最善の切り返し」を知らなければ、ないし瞬時に見抜けなければ、そしてそつなく行動に移せなければ、何もできないまま完封される運命に置かれるのだ。これは必然だった。

「はぁっ……はぁっ……はぁっ……！」

ＨＰは残り僅か、ＳＰは枯渇し、息を荒らげながら地面に倒れ伏すレンコ。

ポーションをかけようと近付いたセカンドへ、彼女は右手を突き出して拒否をする。

その直後、彼女の《変身》が解けた……。

「……わかった。よーく、わかった。あんた、強過ぎるよ。憎たらしいほどに」

「そいつぁどーも」

息絶え絶えのレンコに褒められる。悪い気はしない。

対戦の結果は酷いものだった。だが、流石は義賊R 6の親分のお嬢ちゃんと言うべきか、こいつなかなか根性がある。必死の形相で何度も何度も立ち向かってくる様子は、さながら相撲取りのぶつかり稽古のようだった。

俺は彼女のことを褒めてやろうと、何か適当な言葉を考えていたのだが、それよりも先にレンコの方が口を開いた。

「ラズベリーベル様のこと、あんたに任せてもいいんだね……？」

彼女が口にしたのは、先ほどの対戦の感想でも、俺への雑言でも、身の上話でもなく……聖女ラズベリーベルのこと。

ふと思い当たる。まさか、彼女は、ラズベリーベルのために俺を挑発して……？

「……おい。俺が容赦しないタイプだったらどうするつもりだったんだ？　今頃お前、両手両足じゃ数え切れないくらい死んでるぞ」

「その時はその時さ。ただ、ほら、あたいは死んでない。あんたがラズベリーベル様の思った通りの〝センパイ〟だった、それだけだよ。これから死線を共にくぐるだろう男が、信用できるやつだってわかったんだ、万々歳さ」

こいつ、自分の命を賭けて、ただ単に確認したってのか？

ラズベリーベルを危険に晒さないために、俺が本物の〝センパイ〟かどうかを？

……ぶっ飛んでやがる。何がって、軽々と他人に命を差し出しちまってるところがだ。

「お前……わかってんだろ？」

「……そりゃあ、ね」

レンコに《変身》スキルを教えたのは、間違いなくフランボワーズ一世、いや、聖女ラズベリーベルだ。この監視の厳しい劣悪な環境下で、こっそり経験値を稼ぎスキルを習得するなど、綱渡りもいいところである。今最も危険な立場にいるのは、確実にレンコなのだ。そして、そうさせているのは、他ならぬラズベリーベル。即ち、ラズベリーベルは自身がカメル神国から脱出するためにレンコを利用している。

じゃあ、何故、利用されていることをわかっていて、彼女はここまで……。

「あたいはね、恩を仇で返すなんて恥ずかしい真似はしないんだよ」

「……恩、か」

「命からがらこの国に逃げ込んだ時、あたいはラズベリーベル様に救われたんだ。この命、ラズベリーベル様のために使わないでどうすんのさ」

恩を売って従わせる。かつて俺がシルビアやエコにやったような方法の延長だ。いかにも日本人が考えそうな、おセンチなやり口。だが……。

「お前にばかり危険なことをさせているってのは、どうも気に食わない」

「ふん……仕方がないのさ。あんたもいずれわかる時が来るよ」

仕方がない――レンコは理不尽を噛みしめるようにそう言った。

俺はその言葉の真意がわからず、腕を組んで考え込む。すると、彼女は俺の思考を遮るように沈黙を破った。

「さて、そろそろ作戦を共有しようじゃないか。こっち側が提案できるのは一つだけ。そっちはどうだい？」

修道服のフードを被りながら、挑戦的な笑みで尋ねてくる。

何はともあれ、自分はどうであれ、ラズベリーベルの救出が最優先ってか。天晴れだな。

溜め息一つ、俺はウィンフィルドと話し合った内容を彼女に伝える。

「反教会勢力を扇動して革命を起こす。話は通している最中だ。革命当日、教皇を暗殺して革命派に実権を握らせる。スムーズに遂行するためには、短くとも一週間は準備させてほしい。レイスという魔物がいる。こいつをテイムできれば、誰にでも化け放題だ。正体がバレることなく楽に暗殺できる」

「……っ、凄まじいね、あんた」

「俺が凄いんじゃなくて俺の軍師が凄いんだがな」

接触してからたった一日でここまで話が進むと思っていなかったのはお互い様だったようで、レンコは目を丸くして驚いていた。

「まあ、了解。こっちの提案は、教皇暗殺計画。ずっと前から温めてた計画さ。あいつの居所や行動は完璧に調べ上げてるよ。いつでも殺れる」

「ナイスだな。じゃあ、教皇の情報を教えてくれ。俺が暗殺しよう」

確実性を考えると、向こうに任せるより、俺がレイスをテイムしてから、教皇にほど近い人物に化けて暗殺する方が良い。そう思っての発言だったが、レンコは俺の提案に鋭い目を更に尖らせて言葉を返した。

「……あたいが殺るよ」

「駄目だ」

何を言い出すかと思ったら、マジかよ。だったらあんこに全て任せて正体バレしないことを祈った方がまだマシだ、と考えちまうくらい信用できない。

確かに、レンコは一般人と比べれば圧倒的に強い。だが、どう見たって彼女は隠密向きではないだろう。正体バレどころか暗殺失敗の未来しか見えない。

「ラズベリーベル様も、教皇暗殺についてはあたいに任せると言ってくれた」

「それでも駄目だ。俺のテイムを待て」

「…………」

沈黙。全くもって納得していない顔だ。

このじゃじゃ馬をどうやって説得しようかと俺があれこれ悩んでいるうちに、レンコは俺に背を向けて、振り返りながら口を開く。

「時間だよ。次の接触は、決行前日に」

逃げられてしまった。こりゃあ、とっととレイスをテイムしないとヤバイかもしれないぞ……。

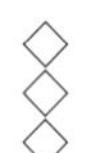

あたいは負けた。完膚なきまでに。

ラズベリーベル様から教えを受けて、もう何か月経（た）っただろう。あたいの実力は、あたいの知る誰（だれ）よりも高まったと、確信を持って言えるほどになった。

【体術】も【剣術】も達人と呼べるほどのランクに上げて、そのうえ〝神のスキル〟《変身》も九段まで上げた。あのタイトル戦にさえ、こんなに強い十七歳は出場しているワケがない。それくらい、あたいは強くなった。

なのに、負けた。

……まだ、足りない。ラズベリーベル様の求める〝救世主〟には、まだ。

あたいじゃあ、駄目だった。あたいじゃあ、ラズベリーベル様を救い出すことは、できない。

悔しい。セカンド・ファーステスト……心強い味方ができたって、そう、わかってるけど、やっぱり、悔しい。

ラズベリーベル様が助かるなら、それでいいと思ってた。

でも、なんなんだい、この心のもやもやは。

嫉妬（しっと）？　身勝手？　承認欲求？　不甲斐（ふがい）なさ？　利用されていることへの不満？

わからない。自分自身のことが、全然、わからない。

「あたいは一体、どうしたいんだろうね……？」

夜の森、独りで呟いてみた。誰からも答えは返ってこなかった。

「ブライトン、手紙が来ているぞ」

「なんだと？　私にか？」

カメル神国首都オルドジョーの西、農村の先に位置する険しい山奥をアジトとする反教会勢力「ディザート」のもとへ、一通の手紙が届いた。

ブライトンと呼ばれた身長百九十センチはある屈強な壮年の男は、彼の仲間と思しき男から手紙を受け取る。

「…………」

「なんと書いてあった？　我らディザートに有益なことか？」

黙々と目を通すブライトンへ、仲間が興味深げに声をかけた。

反教会勢力ディザートのリーダーであるブライトンへ宛てた手紙。すなわち、ディザートのアジトを把握し、且つリーダーの名前も知っている人物からの伝言。ディザートの一員ならば、気にならない方がおかしい。

「……一週間後、オルドジョーにて〝コンクラーヴェ〟があると」

「何？　……俄かには信じがたい話だ」

「ああ、私もそう思う」

コンクラーヴェとは、教皇や枢機卿が一堂に会して秘密裏に行う会議のことである。カメル神国におけるコンクラーヴェは本来、教皇を選出するための会議であった。だが、ブラックが教皇として君臨する限り、その座は決して代わることはない。ゆえに、教皇を選出する会議ではなく、枢機卿以下の選任を教皇が一方的に決める会議となる。

「でたらめで我らを撹乱するつもりか？」

「いや、待て」

嘘の情報だと決めつけて話す仲間に対し、ブライトンが待ったをかけた。

そもそも、おかしいのだ。コンクラーヴェとは秘密会議、そのため開催の情報は出席者のみに極秘で通達される。でたらめで撹乱するにしては、意味のない嘘なのだ。誰も信じるわけがないのである。つまり……。

「枢機卿クラスが味方に付いた、か……？」

逆に考えれば、極めて信憑性の高い情報。カメル教会中枢の人間が裏切ったと考えるのが妥当であった。そして——。

「……ッ!?」

「どうした、ブライトン？」

手紙の最下部にある差出人の名前を見て、ブライトンは目を見開く。

そこにはこう書かれていた――「金剛（こんごう）を知る者より」と。

「金剛？」

仲間の男は、金剛と聞いてピンと来ない。だが、ブライトンだけは違った。

金剛を知る者。それをブライトンに伝えるということは、即ち――彼の身内。それも、相当に近しい人物。そう確信できたのだ。

「……仕掛けるぞ」

「何⁉」

この瞬間、反教会勢力ディザートのリーダー、ブライトンは、覚悟を決めた。

「勝負は一週間後のコンクラーヴェだ。皆、革命の準備を……！」

手紙の差出人が、全くもってブライトンに近しくもない、眠たげな目をした女精霊だとは、この時の彼には知る由もない……。

「ふぅむ、見れば見るほど似ておる」

「勿体（もったい）ないお言葉で御座います」

オルドジョー中央に位置する聖殿、その内部に存在する教皇の自室にて、ブラックは興味深そうにあごをさすりながら呟いた。

対して、ブラックと向かい合う〝ブラックにそっくりな男〟は、恭しく頭を下げる。

「いかんなぁ。お前は影武者であろう？　ならば私の口調を真似してみせよ」

「はっ。恐れながら……」

顔も髪も身長も、全てがブラック教皇に瓜二つ。そう、男はブラックの影武者であった。

神国兵がカメル神国じゅうを探し回り拉致してきたブラック似の男十人の中で最も似ていた男が彼なのだ。残りの九人は、影武者がこの男に決定した瞬間に首を刎ねられた。

その事実を知っている影武者の男は、小さく震えながら、ブラックからの指示に緊張の面持ちで恐る恐る口を開く。

「に、似ておろう？　コンクラーヴェは安心して私に任せたまえ」

……突然の静寂。

そして、三秒後。ブラックはそれまで浮かべていた笑みをフッと消し、沈黙を破った。

「ネクス、こやつを斬れ」

「御意に」

ネクスと呼ばれた近衛兵の若い男は短く返事をすると、一歩前にズイと出て、腰から素早く剣を抜く。その非常に洗練された動作は、見る者に相応の腕前を感じさせた。

「う、うわぁああ！　ご勘弁を！　ご勘弁をっ！」

影武者の男は、悲鳴をあげて後ずさりながら必死に命乞いをした。

ネクスは彼の言葉を無視し、スタスタと軽やかに歩いて間合いを詰める。

その様子を見たブラックは、突如、機嫌を良くして笑った。

「ひっひっひ！　これは傑作だ。ネクス、もうよい、下がれ」

「御意」

大口を開けて「滑稽滑稽」と笑うブラック教皇を、影武者の男は冷や汗を垂らしながら見やる。

「冗談だ、冗談。私の真似をするのなら、このような悪戯心も覚えておくがよい」

「は、はっ……！　じ、直々のご指導、誠にありがたき幸せ！」

「……ただ、一つ覚えておけ。私は安心などという言葉は使わん。何故なら不安がないからよ。今度また安心などと口走ってみろ、その首、縦に引き裂いてくれる」

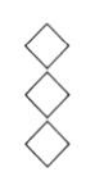

「――囮？」

「うん。囮作戦」

早朝。今日も今日とてレイスのテイムへと出陣する予定だが、その前に朝メシを食いつつウィンフィルドと作戦会議だ。

タイムリミットは七日後らしいので、なるべくテイムに時間を割きたい。ゆえに、少々行儀は悪いが、俺は喋りながらメシを食っている。

「まず、レンコちゃんが、革命前夜、教皇を暗殺する」

「おう。多分失敗すると思うが」

「いや、多分、成功するよ」

「……マジ？」

根拠は？ と言いかけたところで、ウィンフィルドが答えを口にした。

「だって、教皇、影武者だから」

「はい？」

それって、失敗って言うんじゃ……？

「レンコちゃんには、影武者を暗殺して、あえて捕まってもらう」

「オイオイオイ、死ぬぞアイツ」

「だいじょーぶ。まずは、拷問だから。その間は、死なないよ」

あ、なるほど。だから〝囮〟と……ひっでぇ。

「あと、囮だけじゃなくて、影武者を殺すことにも、ちゃーんと、意味があるよ。ほら、影武者の次に出てくるのは、十中八九、本物だから。ね？」

「おお、確かに」

「だから、レンコちゃんが囮になってる隙に、セカンドさんは、レイスで変化して、潜入、ブラック教皇の居場所を、突き止めて、張り付いてて」

「了解。こりゃ絶対にテイムを間に合わせないとヤベェな」

「いけるいける、いける。セカンドさんなら、いける。ふふっ」

けっ、軽く言いやがって。地味に大変なんだぞあの作業……。

ただまあ、ウィンフィルドがこんな感じだから、多分テイムが間に合わなくても代替の策があるのだろう。そう考えると幾分か気が楽だな。

「で？　教皇の居場所を発見したら、俺が殺ればいいのか？」

「いんや、ディザートが奇襲を仕掛ける、その瞬間まで、待って。数十分か、一時間か、そのくらいだと思う」

「ディ、なんだって？　ディスアポイントメント？」

「なに、それー、ふふふっ。ディザート、だよ。反教会勢力の、名前。革命軍、的な、アレ」

革命軍的なアレの名前か。実にわかりやすい。

頭の良いやつって、頭の悪いやつへの説明が尋常じゃなく上手(うま)いよなあ。

「ディザートが奇襲を仕掛けるのは、明け方頃、かな。コンクラーヴェっていう、秘密会議で、教皇とか枢機卿とか、オルドジョーに集まってるから、もー大混乱だろーね」

ほほう。そしたら多分、二択だな。教皇どもは、決死の覚悟でオルドジョーを防衛するか、蜘蛛(くも)の子を散らしたように逃げ出すか。

「前者、だよ」

「エスパーかよ⁉」

怖っ。怖いわこの精霊。毎度のことながら。

「戦力差は、歴然。教皇たちは、苦もなく制圧できると、考えるはず。だから、防衛、一択」

「つまり、そのタイミングで教皇を暗殺すりゃあ」

「だぁいだげきー」

大打撃、だろうな。

「……あと、ディザートの奇襲を、より効果的にする案が、もう一つ、あるんだけど……」

お？　ウィンフィルドが言葉を濁すとは珍しい。

「言ってみ」

遠慮は無用という風にスパッと言って、俺は微笑んだ。

ウィンフィルドはパッと表情を明るくして頷くと、口を開いた。

「前々日くらいから、当日まで、辺境伯に頼んで、国境付近で、大規模軍事演習、してもらえる？」

うおっ！　そりゃお前、こないだ根回しししておいたやつにズッポシやんけ！

「フッ、任せろ。既に話は通してある」

「わーお。さっすが～」

メチャクチャ恰好付けて返答すると、ウィンフィルドが嬉しそうに微笑みながら「このこの～」とその身を寄せてきた。あぁ～……スチームに会っといてよかった。

「――オッホン」

あっヤベェ、ユカリの咳払いだ。瞬間、俺たちはどちらからともなくズザーッと離れた。まだ作戦会議は終わっていないので《送還》されるわけにはいかない。

「あー、それで、オルドジョー防衛のために、教皇がのこのこ出てきたところで、暗殺したいわけなんだけど」

「俺が殺るんだろ？」

「うん。それが一番、確実。次点で、レンコちゃん。やむを得ない場合は、あんこさん」

「あんこはあまり出したくないな。カメル神国の兵士たちには過去に一回ぶちかましてるから、身バレの可能性がでか過ぎる。それに奇襲が夜明けなら、教皇が室内にいない限りあんこにはキツイ」

陽光に少しでも触れていると、あんこはへろへろに弱体化する。自分では動くことすらままならなくなるほどだ。

「んー。じゃあ、レンコちゃん、かな」

「その時さぁ、レンコって捕まってるんじゃないの？」

「目的は、聖女の救出、だよね？　なら、セカンドさんが、牢屋の番か何かに化けて、レンコちゃんを救出して、彼女に教皇の暗殺を任せて、その間に、聖女を救出すれば、効率良いでしょ？」

なるほど。俺一人で教皇暗殺してレンコとラズベリーベルを救出してってのは、確かに骨が折れる。教皇の暗殺をレンコに任せちまえば、後はラズベリーベルを救出して離脱するだけ。随分と楽になるな。

あいつも殺りたがっていたし、ひょっとしてこれが一番良い案なんじゃないだろうか。

ただ、一つ心配なのは……。

「成功するかぁ？」

些か不安だ。確かにあいつは強いが、力が入り過ぎるあまりに空回っているというか、暴走している気がする。夜中に会った時は、なんだか情緒不安定だったし。

「成功率、96％ってところかなー」

「うげ、4％もあんのかよ」

「えー、4％しか、ないんだけどなー」

俺とウィンフィルドとで感覚の違いが出た。4％で失敗って、まあまあな確率だと思うけどなぁ。

それに、あっちもこっちも人間なんだから、予想外ってもんがある。本人次第で、4％に寄っちまう場合もある。まあ、つまるところ、数字じゃあなんとも言えんわな。

「駄目だな、俺が殺る。そうすりゃあ、ナン％だ？」

ぺろっと平らげた後の食器を重ねつつ、作戦会議の締めくくりとばかりに尋ねてみた。

ウィンフィルドは、ニッと笑って、とても楽しそうに言った。

「120％～♪」

「来過ぎぃ！」
いざレイスのテイムに出かけようという頃。
玄関の前に集まった十人の使用人たちを見て、思わず大声を出してしまった。
今朝、テイムを手伝ってもらおうと思って「今日ヒマそうな序列上位の使用人を集めておいてく

れ」とユカリに頼んでおいたのだ。だが、まさか十人も集まるとは思ってもいなかった。

いや、ありがたいけどね？　通常業務は大丈夫なのか、とも思う。

「ご心配なさらず。部下たちも育ってきておりますゆえ」

俺の懸念を察してか、キュベロが頼もしいことを言ってくれる。なるほど、こりゃあその部下とやらに特別手当が必要そうだな。

「……ん？」

ふと、十人の中に見覚えのない顔を見つける。パッと見で中学生くらいの、髪の短い男子だ。

「ソブラ兄さんのいねェ穴を埋めるために連れてきました、俺の部下です。おらッ、挨拶！」

「プ、プルッ、プルプ、プルムっす！」

厩務長のジャストが紹介してくれた。彼は厩務員のプルムというらしい。ド緊張しているのが一目瞭然だ。

「大丈夫なのか？　プルプル君は」

「はい。まだまだ使いもんにならねェガキですが、俺が責任持って面倒見ますんで」

そういうことじゃないんだが……まあいいや。

「じゃあ、二人一組で探索してくれ。出くわした魔物に対してはなるべくダメージの少ない攻撃方法で初撃を与えろ。それがレイスの変化した魔物だった場合は変化が解けるはずだ。レイスを発見したら、追跡しつつ、チーム限定通信で俺に連絡。いいか？」

指示を出すと、皆は良い返事で頷いてくれた。

使用人十人をこの場でチーム・ファーステストにゲスト加入させたため、通信も問題なく使える。

よって、今回は総勢十一人プラス一匹のチームでの探索。シルビアとエコも手伝うと言ってくれていたが、俺としては夏季タイトル戦へと向けた特訓を優先してほしかったので、今日のところは参加を断っておいた。

「ぁ……っ……」

「ご主人様、私たちはペアでいいですか？　と申しております」

使用人たちがあんこの転移召喚によってレイスの潜む山へと次々に移動している間、二人組のメイドが話しかけてきた。真っ白な髪と肌をしたアルビノの少女イヴと、その通訳のルナだ。

私たちはペアでいいかって、別に何も問題はないと思うが、どういう意図で言っているんだ？

見ていたところ、使用人のペアは、キュベロとリリィ、ジャストとプルム、エルとエス、コスモスとシャンパーニ、そしてイヴとルナだった。

……ああ、なるほど理解した。パワーバランスを考えるとジャストとプルムのペアに不安が残るから、このままでいいのかと聞いているのだろう。

レイスの潜む山の中では、丙等級上位～乙等級下位ほどのレベルの魔物が単体で出現する。この単体でというのがポイントだな。

「大丈夫。魔物は単体でしか出現しないから、フクロにされてなすすべなく死ぬというようなことはない。助けを求める通信を送る余裕も十分にあるだろう。そしたら俺が転移して向かうから心配するな。ってことで、お前らはペアで構わないぞ」

「……ぁ……」

「ありがとうございますご主人様、と申しております」

安心させるように言うと、二人は何処となく嬉しそうな声音で俺にお礼を言って去っていった。

確かに、あの二人が別々になったら、それぞれペアに苦労しそうだ。イヴの相手はイヴが何言ってるか聞き取れないだろうし、ルナもルナで相当な口下手っぽいからなぁ……。

過去に一度だけルナと一対一で話したことがあるが、彼女は全く表情を変えずに淡々とペットの蜘蛛の話をするだけだった。コンサデという名前らしい。「ご主人様のお名前のアナグラムです」とか言われても反応に困る。その時は、とりあえず「ありがとう」と返しておいた覚えがある。

「あと四分で全員の転移が完了すると、向こうから通信がありました」

それから暫く、まったり転移待ちしていると、横にいたキュベロがそう教えてくれた。

了解と返すと、キュベロは感心したような表情で言葉を続ける。

「しかしこの通信は素晴らしいものですね。何人同時に利用できるのですか？」

「三百人だったかな？　条件を満たすと千五百人くらいになった気もする」

俺はメヴィオン時代にあまりチーム戦をしていなかったので、詳しくは知らない。

「せ、千五百人とは凄まじい……軍が利用すれば、戦争に革命が起きますね」

「…………ん？」

あれ？　まさか……。

「なあ。チームの結成方法って、知られていないのか？」

「少なくとも私は存じておりません。恐らく国内では殆どの方が知らないでしょう。国家機密としてならば、あるいは」

……マジかぁ。

「三人以上で丙等級ダンジョンを二時間以内に完全クリアすること。これが条件だ」

「な⁉」

教えてやると、キュベロが目を見開いてこちらに顔を向ける。

「よろしいのですか⁉」

「よろしいも何も、知ってて当然のことだ。俺の身内なら尚更な」

「……なんたる粋なお計らい。このキュベロ、心より感服いたしました。ファーステスト家の執事として、深く胸に刻んでおきましょう。では、一つお聞きしても？」

「ああ」

「完全クリアとは？」

「ダンジョンに足を踏み入れた段階で既に出現している全ての魔物を倒してからボスを倒すことだ。普段は見逃しがちな奥まった場所も行かなきゃならんのが唯一の面倒かな」

ダンジョンは、基本的に時間経過によって魔物が湧く。ただ、その湧き数には上限が二つ存在する。〝無人飽和数〟と〝有人飽和数〟の二つだ。前者は、プレイヤーがダンジョン内に存在しない時に到達する上限。後者は、プレイヤーがダンジョン内で魔物を倒した際に再度湧き出る魔物の数の上限である。前者より後者の方が高めに設定されているため、倒せば倒すほど魔物が多く湧いてくるというようなシステムになっているのだ。

　完全クリアの条件は、ダンジョン侵入時にその無人飽和状態で既に湧き終えている魔物を全て倒すこと。次から湧いてくる魔物は、その数には入らない。

「納得いたしました。それはなかなか、ダンジョンの構造や仕組みなどを細部まで理解していないと難儀しますね」

「そんなことないと思うけどな。感覚でわかりそうなもんだ」

「いえ、難しいでしょう。且つ、丙等級ダンジョンを二時間以内に、という条件が更に難しくしています」

「そのくらいなら、乙等級に行くようなやつが三人揃(そろ)えば余裕だろうよ」

　まあ、ちょっとだけ条件がややこしいのは認めよう。これは「初心者チームが乱立しないためのメヴィオン運営による調整」ではないかとプレイヤー間で噂(うわさ)されていた。賛否両論あったが、事実として、ハードルが少し高めに設定されているその調整は上手くいっていた。

　友人同士でメヴィオンを始めた初心者プレイヤーはチーム結成を目標に頑張るし、頑張れない者はチームを結成しない。一人で始めた初心者はチーム結成よりチーム加入の方向へと流れていく。

　こうしてチームの絶対量が抑えられ、チームというものの価値が上がったのだ。

　当時流行(はや)っていたメヴィオン以外のフルイマージョンＶＲＭＭＯＲＰＧの殆どは、一人でもチームやギルドを簡単に結成できるシステムだったため、メンバーが一人しかいないようなクソ組織が乱立してごっちゃごちゃになっていたが、メヴィオンは比較的スッキリとしていて良い環境だったのを覚えている。

「バル・モロー宰相は恐らくチームを組んでいた。きっとマルベル帝国にはチーム結成方法を知っているやつが何人もいるぞ。あんなゲロみたいなやつらが組んでいるくらいだ、そんなに難しいことじゃあないさ」

「さ、左様でしょうか」

キュベロの言うように国家機密くらいには秘匿されているかもしれないがな。

「ほら、そろそろ転移するぞ」

雑談もそこそこに、俺たちはレイスの潜む山へと移動を済ませた。

移動時間、約十分。全く、あんこサマサマだ。

「よし、それじゃあ作戦開始！」

転移して早々に、俺は号令をかける。

使用人たち五組のペアは、勇ましく山の中へと駆けていった。俺とあんこも、その後を追うようにして山へと入る。

こうして、レイスとの長きにわたる死闘が、今、幕を開けた……。

「一時の方向、見えますか？」

「見えてるわよん。あれって、お猿さんよね？」

「ええ、そのようですね」

キュベロとリリィのペアは、慎重に索敵しながら、山の麓付近の森林の中を進んでいた。

突如、二人の前方に現れたのは、空手家のような姿をしたムキムキの猿の魔物。その名もオオカラテザルである。猿というよりはゴリラに近いが、顔は猿そのもののため、二人は猿と判断した。

「アタシが仕掛けるわ。キュベちゃんは援護をよろしくねっ」

「承知しました」

リリィはその筋骨隆々の巨体に見合わないスピードで素早くオオカラテザルへと接近し、間合いギリギリで止まると、《水属性・壱ノ型》を詠唱する。

セカンドがキャスタル国王のマインに強請って全属性の壱ノ型〜肆ノ型の魔導書を譲り受けたため、使用人はいつでも【魔術】を習得することができるようになった。リリィもその例に漏れず、いくつかの【魔術】を習得している。

「お喰らいなさぁいっ！」

掛け声一つ、リリィは投げキッスのようにして《水属性・壱ノ型》を放った。

ぺちっ——と、オオカラテザルの顔面へと直撃する。ランクは9級、リリィの持つ最も威力の低いだろう攻撃のため、ダメージは全く入っていない。

「あらぁ〜……どうやら本物のようね？」

「ウッホホオオオーッ！」

痛かったのか、激怒したオオカラテザルがリリィへと襲い掛かる。

「させませんよ」

直後、キュベロによる援護が入った。

五段の《桂馬体術》による飛び蹴り（げ）が、オオカラテザルの胸部へと突き刺さる。

オオカラテザルは「ウギャア！」と鳴いて、バランスを崩し、後ずさりながらダウンした。

「お願いします、リリィちゃん」

「まっかせてぇん！」

起き上がろうとするオオカラテザルへ、リリィは首をコキコキと鳴らしながら近付く。

そして、一メートルほど手前で、六段の《金将体術》を発動した。

《金将体術》は、前方への近距離範囲攻撃＋防御のスキル。言わばタックルである。

「フンッ‼」

リリィの口から雄々しい声が漏れ出し、直後に「ズシン！」と大きな衝撃。それからミシミシッという何かの軋（きし）む音とともに、オオカラテザルは車に撥（は）ねられたように弾（はじ）き飛ばされて、五メートル後方の木に激突し、息絶えた。

壱ノ型による様子見を含めなければ、たった二発の攻撃。ここの魔物は、大抵がこの程度で沈むレベルの強さである。

「流石（さすが）のパワーですね」

「キュベちゃんこそ、ナイスパワーだったわよん」

魔物を難なく倒し終え、お互いのパワーを称え合う二人。

序列戦ではよく当たる相手、加えて互いに【体術】の使い手ということもあり、二人はとても仲が良く、同時に良きライバルであった。

「この調子で参りましょう」

執事服に付いた埃を払い、白い手袋をはめ直しながら、キュベロが言う。

「了解、じゃんじゃん行くわよっ。ご主人様に褒めてもらうのは、アタシたちなんだからぁん！」

やる気満々といった様子のリリィがそう返す。

一見して異色なこのコンビ、実はなんとも相性抜群なのであった。


「おう、プルム。てめェが攻撃しろ」

「うっす、兄貴！」

一方その頃、ジャストとプルムのペアも、オオカラテザルを発見していた。戦術としては、初撃はステータスの低いプルムが、その後の戦闘はジャストが受け持つようである。

「うらっ！」

プルムによる5級の《歩兵弓術》が、オオカラテザルの腕にヒットした。プルムは【弓術】をメインに上げている。言わずもがな、【弓術】をメインとするジャストに憧れてのことだ。

「よし、偽物だな。いや、本物か？　まァいいや、後は俺に任せとけッ！」

オオカラテザルは、レイスではなかった。怒り猛って二人へと突進してくるのが何よりの証拠。

ジャストは弓を引き絞り、五段の《銀将弓術》を放つ。

「ウゴォッ！」

頭部に直撃。クリティカルヒットし、オオカラテザルは一撃で息絶えた。

「ひゅーっ！　すげぇや！　流石は兄貴だぜ！」

「まァ、こんなもんだ」

手を叩いて喜ぶプルムと、弟分に良いところを見せることができて上機嫌のジャスト。

最も戦力の低いこの二人組も、レイスの捜索は概ね順調と言えた。

こうして、キュベロとリリィはパワフルに、ジャストとプルムは軽快に、エルとエスは阿吽の呼吸で、コスモスとシャンパーニは喧嘩しつつ、イヴとルナは黙々と、セカンドとあんこは超スピードで、日暮れまでレイスの捜索を続けた。

初日は、何一つ成果なく終了。二日目も、三日目も、あっと言う間に過ぎ去り。

四日目は、シルビアとエコのペアにも手伝ってもらったが、それでも成果は出ず。

……残り、二日。なんとしても、テイムしなければならない。

セカンドたちは、まさしく背水の陣で、レイスを追い求める……。


セカンドたちがレイスのテイムに四苦八苦している頃、反教会勢力ディザートは、着々と革命の準備を進めていた。リーダーのブライトンを中心に、ディザートの主要メンバーたちが机の上に地図を広げて会議を開く。

「コンクラーヴェは早朝。ゆえに、奇襲は夜明けから早朝にかけて行うべきだろう」

「待て、コンクラーヴェ中を突く方が効果的ではないか？」

「いや、オルドジョーの警備が固まってしまう前に仕掛けた方が良い。明け方ならばやつらの士気も低いはずだ」

「他に意見は？　……では奇襲は夜明けと同時に。ブライトン、奇襲の方法は？」

「北ルートで行こう。白銀作戦だ」

以前より、来る革命の日のために練られていた奇襲方法の内の一つ、白銀作戦。

これは、冬にのみその効力を発揮する。カメル神国北部、特にオルドジョー北側の山は、この季節になると雪が降り積もる。その地の利を活かし、ディザートの総員が白い外套を纏って、白雪に紛れて奇襲を仕掛ける作戦だ。

春夏秋冬、山の中で隠れて暮らしてきたディザートたちと、何十年間も戦争らしい戦争をしていない兵士たち。どちらの練度が上かは想像に難くない。

しかし、ディザートは総勢一千人にも満たない、虐げられた者たちの寄せ集め。万の兵力を持つカメル教会に敵うとは到底考えられなかった。

ただ……コンクラーヴェ中を襲えるとなれば、話は別である。

如何なる犠牲を払ったとしても、諸悪の根源である教皇と、それに媚びへつらう枢機卿どもを駆逐すれば、一発逆転が可能だと、彼らはそう考えていた。

その教皇と枢機卿が、一堂に会しているのだ。ここを狙えば、万に一つの可能性はある。逆に言えば、ここを狙う以外、革命を起こすチャンスはない。

ゆえに、捨て身の覚悟で、死力を尽くして、今、まさに、蜂起せんとしていた。

「…………」

ブライトンは、胸元にぶら下げたネックレスの先についた指輪を手のひらに載せて、悲しげな顔で見つめる。今は亡き、彼の妻の指輪だ。妻も、子供も、父も母も、皆――殺された。家族の中で生きているのは、ブライトンと、彼の弟のみ。

……目を瞑り、指輪をぎゅっと握る。そして、静かに深呼吸をした。

ここディザートに辿り着く者は、その殆どが、ブライトンのように深く悲しい何かを胸に秘めている。彼らのためにも、己のためにも、亡き者たちの無念を晴らさなければならない。

なんとしても、革命を起こさなければならない。いよいよ、その時が来たのだ――。


「――兄貴！　あっちにもいるっすよ！」

古来、伝わる格言がある。交通事故は運転に慣れてきたばかりの者が最も起こしやすい――と。

「プルム！　調子乗ってんじゃねェ！　出過ぎだッ！」

「へっ？」

これまで通りに《歩兵弓術》を構えるプルム。だが、残念ながらこれまでとは状況が違った。プルムが軽率にも前方へと出過ぎてしまったのだ。

プルムが矢を射るより先に、魔物が二人の存在に気付く。マダラディアーという魔物だ。毒々しい斑点(はんてん)模様の体で大きな角の生えたシカのような姿をした、素早い動きが特徴の魔物である。

「ちッ……！」

舌打ち一つ、ジャストは即座に《歩兵弓術》を準備し、呆(ほう)けたままのプルムより先に放った。レイスかどうかの調査など、行っている余裕はないと判断しての一撃。

「ギャウゥッ！」

命中。矢が左肩にクリティカルヒットしたマダラディアーは、標的をプルムからジャストへと変更する。案の定、マダラディアーは本物だった。

「プルム！　下がれ！」

「う、うっす！」

ジャストの命令で、走って後退するプルム。ただ、その命令の仕方が悪かった。「退(ど)け」と言うべきだったのだ。

「バカお前、そうじゃねェ！」

「ええ⁉」

プルムは馬鹿正直に、真っ直ぐジャストのもとへと下がったのである。ジャストとしては、射線から外れつつ下がってほしかった場面。射線を邪魔してはいけないというのは【弓術】に携わる者ならば常識だが、プルムにはまだその常識が備わっていなかった。ただそれだけのことである。

「クッソ！」

追撃がまごつく。その隙に、マダラディアーはプルムとジャストの目前まで迫っていた。

プルムが横に退いた瞬間、ジャストは準備していた《銀将弓術》を放つ。

「あ、やっべェ」

マダラディアーは、飛来した矢をひらりと躱す。

動きの機敏な魔物が相手の場合、このようなことがあるため、弓術師は一時も油断できない。ゆえに、魔物との距離がとても大切なのだ。

「くっ……おらァッ！」

ジャストは次いで《歩兵弓術》を即座に準備し、ゼロ距離でマダラディアーへと射る。

マダラディアーは、ジャストの一撃を受ける寸前に体当たりを繰り出し、ほぼ同時に双方が双方の攻撃を受けた。

《歩兵弓術》は頭部にクリティカルヒット、マダラディアーは即死した。だが、死の間際に放った体当たりの判定はしっかり残っていたようで、ジャストは直撃を受けて後方へ吹き飛んだ。

「兄貴ぃ‼」

ドサッと三メートル後方の地面へ落下したジャストに向けて、プルムが叫ぶ。

自分のせいだと、後悔がプルムを襲う。だが、八割方は連れてきたジャストのせいである。ゆえに、今夜は二人並んでユカリに手酷く叱られることとなるだろう。

プルムは半泣きでジャストのもとへと駆け寄った。

ジャストは仰向けで大の字になって気絶していた。メヴィオンは、頭に強い衝撃が加わった際に6・25％の確率でスタン効果が発現する。恐らく、吹き飛ばされ落下した際に強く頭を打ったのだろう。そして運悪くスタン抽選に当たってしまったのだ。

「兄貴！　兄貴！　大丈夫っすか⁉　そ、そうだ、ポーションを……！」

古来、伝わる格言がある。ついていない時はとことんついていないーーと。

「あっ」

プルムは自身のインベントリから、支給された状態異常回復ポーションを取り出す。

だが、その手が震えていたためか、ぽろりと落としてしまった。

「ま、待てっ。こらッ」

ポーションは坂をころころと転がっていく。それを慌てて追いかけるプルム。

「うお？」

ーー突如、足場がなくなった。

ポーションの転がっていった先は、崖になっていたのだ。

気付いた時にはもう遅い。プルムの体は完全に崖から投げ出されていた。

「うわあああああッ⁉」

落ちる！　プルムがそう直感した瞬間ーー。

「……っ……」

「全く世話の焼ける、と申しております」

機嫌の悪そうな声とともに、プルムの体がグルグルと糸に縛られる。

半径四メートル以内の相手を糸で拘束するスキル、《金将糸操術》ーーイヴ隊所属の暗殺者ルナによる救助であった。

「う、ぐえッ……あ、ありがとうござ、いぎぎぃっ！」

糸でぷらりと崖に吊るされるプルム。非常にキツい拘束であったが、状況的にお礼は言えても文句は言っていられない。

「……ぁ……っ」

「ご主人様からいただいたポーションを粗末にはできません、と申しております」

一方でイヴは、崖から落ちたはずのポーションを糸で搦め捕っていた。

自身の体は、崖からにょきっと生えている木に、これまた糸でぶら下がっている。

「おげぇっ！　……い、痛っ、ありがとうございますっ。痛てて……」

ルナはグイッと糸を引き寄せて、崖の上にプルムの体を乱暴に放り投げた。プルムは体じゅうあちこちを打撲したが、命が助かったと思えば大したことではないので、再度お礼を口にする。

次いで、イヴが状態異常回復ポーションを崖の上へと遠心力を使って投げた。パシッとルナがキャッチして、万事解決。ピンチは脱したかに思えたが……。

ミシッ……と、イヴのぶら下がっている木が、嫌な音を立てた。

「！」

状況を一瞬で理解したルナが、イヴを拘束しようと即座に糸を伸ばす。

イヴもまた、その木以外に掴まる場所を探した。

だが、間に合わない。

「っ……！」

メキメキメキ！　と、大きな音を立てて、木が——折れた。

空中へ投げ出されたイヴは、なすすべなく落下していく。

……崖は、相当な高さだった。如何な使用人序列一位といえど、この高さから落下すれば、ただでは済まない。

ゆえに、ルナは珍しく焦りの表情を浮かべて、イヴを助けるために自身も崖の下へと飛び込もうと足を動かした。

そんな彼女の手をプルムが引く。

「何を……！」

「大丈夫、っす」

ルナは怒りをあらわにする。散々迷惑をかけておいて、この上こいつは……と。だが、そんな非難の視線を受けて尚、プルムはルナを安心させるように言葉を続けた。

「呼びました。だから、きっと、大丈夫っす」

プルムは、木が軋んだ時、既に呼んでいたのだ。

イヴが今まさに崖から落下しそうだと、チーム限定通信で。

「……ぅ……っ……！」

地面まであと何秒か。イヴは、まるで一秒が十秒にも二十秒にも感じられるような、不思議な感覚の中にいた。そしてその間、如何にして着地の衝撃を和らげるかを必死になって考えていた。

だが、フッと、途端に思考が消え去る。久しく感じていなかった〝恐怖〟という感情が、彼女の心を支配したのだ。

きっと、とても痛い。最悪の場合、死ぬかもしれない。そう考え始めると、イヴは怖くて仕方がなくなった。

恐怖を感じることができないと言っていたルナなら、こんな時も冷静に対処できるのかな――と。

全て(すべ)を諦(あきら)め、余計なことを考えた刹那(せつな)。

ぶわりと、背後で影が膨らむ気配を感じ――そして、イヴの体を何かがふわりと包み込んだ。

「――舌、噛(か)むなよ」

「…………あ……」

夢か、幻か、イヴの耳元でそう語り掛けたのは、彼女の仕える主、セカンド・ファーステスト。

その時の光景を、彼女は一生忘れることはない。

彼の胸の中から見上げたその顔に、後光がさして見えたのだ。

太陽を直視したことのない彼女が、生まれて初めて太陽を目にした瞬間であった。

なんて恰好(かっこ)良い人なんだろう……と、心の底からそう感じたのだ。まさしく、姫のピンチに颯爽(さっそう)と駆けつける騎士そのもの。幼い頃(ころ)、薄暗い座敷牢(ざしきろう)の中で読んだ騎士物語。甚(いた)く憧(あこが)れ、そして諦めていた、あの物語の登場人物に、今まさに自分がなったかのような、甘い痺(しび)れを伴う美しき再現。

この時、彼女は確かに落ちた。落ちながらも、更に落ちたのである。

何に、と口にするのは、無粋であろうものに。

さて、なんだこれ。とんでもねえ状況だなマジで。
どうしよう。このまま着地しても、まあクソ痛いだろうが、別に死にゃあしない。
だが、俺はまだいいとして、無辜の使用人が痛い目に遭うのだけは絶対に避けなければならないところだ。ゆえに、二人分の落下ダメージを無効化する必要がある。
俺の知っている方法は、主に五つ。
一、装備品の付与効果で〝落下ダメージ耐性〟の値を最大にする。
二、《変身》の無敵時間八秒を利用する。
三、「発動後に特定のモーションが自動で開始されるスキル」を着地の直前に使用する。
四、着地の直前にログアウトし、その後ログインする。
五、着地の直前に〝騎乗ユニット〟の半径二メートル以内で《乗馬》スキルを発動する。
この中で、今この刹那に不都合なく選択できる手段であり、且つ二人分という条件を満たす方法は——五番目のみ。

「あんこ、変身」

「御意に」

以上の判断を一秒に満たない間に行う。殆ど直感である。

崖から落ちてんなあ、と思った直後には、もうあんこに《暗黒変身》の指示を出していた。人間の脳みそとは斯くも不思議なものなのかと、落下中にもかかわらず少々の感動を覚える。

転移してきた瞬間もそうだ。あんこは崖の断面に映ったイヴの影に《暗黒転移》し、間髪を容れずに俺をイヴの背面へと《暗黒召喚》してくれたのだと、俺は今、感覚で理解している。よくもまあこの一瞬のうちにここまで把握できるものだと、自分で自分の脳みそに感心してしまう。

今思えば、プルプル君からの通信に「崖から落ちそう」と書いてあったことが、大変プラスに働いている。俺がこれほどすんなりと状況を飲み込めているのは、恐らく彼のお陰だろう。

「……っきゃ！」

慣れたもので、ひょいっとあんこの背中へ〝乗馬着地〟をキメると、お姫様抱っこ中のイヴから短い悲鳴があがった。

怖かったのかもしれない。いや、怖いよな、常識的に考えて。

だって、あれだけ凄まじいスピードで落下していたあのエネルギーは一体何処へ行ったんだと、突っ込まずにはいられないほど物理法則をガン無視した摩訶不思議な現象が、たった今目の前で起こったのだから。いや、なんならその身をもって体験したのだから、悲鳴の一つや二つ出るだろう。

現在、俺たちは、つい一秒前まで崖から落下していたことなどまるで嘘だったかのように、狼型となったあんこの背中にまたがって平然としている。

仕組みは単純。《乗馬》スキルの発動と同時に、落下開始位置がリセットされた。ただそれだけ。

ちなみに、対象の騎乗ユニットが馬だろうが飛龍だろうが暗黒狼だろうが、それに乗って操るスキルは《乗馬》である。馬じゃないのに乗馬とはこれ如何に。

「あんこ、もういいぞ」

無事に崖の下へと着地できたので、あんこに再び変身を命令する。

あんこはボフッと人型に戻ると、そのままへなへなと俺の体にしなだれかかった。

「う……動けませぬ……」

日陰の少ない場所のため、陽光に晒されてしまったようだ。

俺は感謝とともに「暫く休んでな」と伝えて、あんこを《送還》する。実に素晴らしい働きっぷり。何かご褒美を考えておかなければならないだろう。

「災難だったな」

「ぁ……っ……」

「ん？　ああ、気にするな。まあこういうこともあるさ」

「……っ……っ！」

「安心したのか？　泣くなら泣いていい。生憎とこんな場所しか空いていないが」

落ち着かせるように冗談を交えて言うと、イヴは俺の胸に顔をうずめて静かに泣き出した。その間に俺はチーム限定通信で「救助成功」と送っておく。ルナとプルプルが心配しているだろうから。

……あれ？　そういえば俺、イヴの言っていることが不思議と聞き取れたぞ。近距離だからか？

「ぉ……ぁ……」

「え、もういいのか。復活早いなお前……って顔、赤ッ⁉」

落ち着きましたご主人様、と言って顔を上げたイヴだったが、頬も耳も首もよく見ると手まで白い肌が真っ赤っかに染まっていた。おまけにその細い体はふるふると小さく震えている。断言しよう、こいつ絶対に落ち着いてねえ。

「悪いこと言わんから暫くこのままでいろ、いいな？」

「……え……っ」

「いいな？」

「……ぃ」

有無を言わさず、お姫様抱っこの状態をキープする。

使用人の中で最も戦闘力のある寡黙なメイドの彼女が、崖から「真っ逆さま」に落っこちただけでこんなに取り乱すなんて、「まっさか〜」だな。

……あれ、なんだか急に寒くなってきた。

イヴもまだ震えている。もしかしたら安堵の震えというわけではなく、単に寒いのかもしれない。

この世界の良いところでもあり悪いところでもあるな、この体感温度。ゲームの頃は暑いも寒いもなかったから……夏季タイトル戦にはなるべく涼しげな装備を見繕っておいた方が良さそうだ。

「ん……？　おっ」

周辺を見回しつつなんやかんや考えていると、向こうの方に冬の木枯らしをしのげそうな横穴を発見した。俺はイヴを抱えたまま歩いて移動する。

しっかし、こうも冬が寒いと、動物たちも大変だろうな。冬眠とかしているんだろうか。

「…………」

…………………………冬眠？　まさか。いや、まさかなぁ。魔物が冬眠するか？　普通。

待てよ……オオカラテザルとか、マダラディアーって、猿と鹿がモデルの魔物だよな？　猿と鹿って、冬眠するっけ？

というか、この森に出てくるはずの、それ以外の魔物はどうした？　ジュードーベアーは？　ハンテンリザードは？　そういえば、この六日間、一度も見かけていない。

レイスって、何がモデルだ？　幽霊？　都市伝説？　ドッペルゲンガー？　あっ……。

………カメレオン？

「……イヴ、見てみろ」

「……っ……？」

「やったぜ、大発見だ」

俺たちの入った横穴の奥深く。土と枯葉の積み重なった天然のベッドの中で、ハンテンリザードたちが身を寄せ合って眠っていた。

その中に。三匹、いや、四匹、五匹も。おかしなやつが交じっている。

オオカラテザルと、マダラディアー。何故（なぜ）だか、ハンテンリザードの横で、寝息を立てていた。

君たちさぁ……そうやって爬虫類（はちゅうるい）みたいに冬眠する魔物じゃあないだろう？

「この五匹、きっとレイスだ。ああ、道理で見つからないわけだ。こいつら、こんなところで越冬していやがったんだ……！」

――魔物が越冬する。この事実は、俺に地味な衝撃をもたらした。

今まで、魔物という存在はプログラムされたパターンに従ってのみ行動するものだとばかり思っていたが、今回の一件で、それに〝例外〟が複数存在することが証明されたのである。

わかりやすい例外はあんこだ。あんこはテイムに成功したその瞬間から、実際に生きているとしか思えないような行動をとるようになった。それまでは、間違いなく、プログラムに従うだけのただの魔物であったというのに。

彼女はそれを「神の呪縛」だと言った。

神――その単語が適切かはわからないが、つまりは高次元の存在ということだろう。

そいつが、この世界を調整している。それは確信している。

だが、今回の場合は……調整か？　微妙なところだ。

そもそも、魔物が越冬なんてする必要があるか？

それはどちらかといえば、調整というよりは、自然の摂理にあえて合わせるような、現実感を増すための〝演出〟ではないか？

ゲームだから許されていた非現実的な諸々（もろもろ）が、現実に適応する形で変更されている。

全て（すべ）一律に、というわけではない。実際に〝乗馬着地〟のような物理法則を覆す無茶苦茶は可能だった。だが一方で、今回のレイスたちのように、越冬する魔物なんていう無駄に現実的なものも同時に存在している。

ふと気付く。今まで、この世界は「限りなくメヴィオンに近い現実」だと、そう思っていたが。

もしかして、「限りなく現実に近付けたメヴィオン」なのではないか……？

……駄目だな。実質小卒の俺じゃあこれが限界だ。いや、一応は中学高校も行っていたけどさ、勉強なんかそっちのけでメヴィオンやってたからな。ああ、柄にもなく考え過ぎて頭が痛くなってきた。考えごとはほどほどにして、今は目の前のことに向き合っておこうか。

「テイムするから、降ろすぞ」

「は……ぃ」

俺は一言断って、イヴを地面に立たせる。

そして、眠っている魔物たちの中からオオカラテザルを一匹、その首根っこをむんずと掴んで手前に持ってくると、ゲシッとその腹部を蹴った。

直後、オオカラテザルは姿を変える。現れたのは、無色で半透明のゼリーのような魔物。それはまさしく俺の知っているレイスの姿であった。

「こう言っちゃあアレだが、イヴが落っこちたおかげだな」

蹴り一発で瀕死になったレイスに《テイム》を発動し、振り返って笑いながら言うと、イヴは頬を赤く染めて俯いた。どうやら彼女にとって、崖から落ちるようなうっかりは赤くなるほど恥ずかしいことらしい。

「はは、からかってすまん。じゃあ、帰るか」

テイムは成功。目的は果たしたので、もうこんな寒いところに用はない。俺はレイスを《送還》し、あんこを《魔召喚》する。

「……あ！　……の……っ」

すると、珍しいことに、イヴが小さくない声を発した。

何事かと思い、耳を傾ける。

「ルナちゃ……も……ぃむ……」

ルナちゃんにもテイムさせてあげてほしい。彼女はそう言った。

そんなの、俺の答えは決まっている。「ご自由に」だ。だが、何故イヴが今そんなことを大声で口にしたのか。特別な理由があるのかもしれないから、尋ねてみる。

「構わないが、どうして？」

「……っと、やくに……から」

きっと、役に立つから。その言葉を聞いてハッとする。

ウィンフィルドは、イヴ隊を使ってカメル神国周辺についての調査をしていた。つまり、カメル神国の内情をイヴ隊の面々は知っているということ。

ゆえに、俺がカメル神国で何をしようとしているのか、イヴ隊だけは薄々わかっているのだろう。その中で、最も俺の役に立ちそうな人選、それが他ならぬルナだと、イヴ隊隊長である彼女は推薦しているのだ。

ユカリ曰く、イヴ隊は優れた隠密部隊。隠密とレイスの親和性ときたら、鬼に金棒と言ってもいい。確かにピッタリである。

その道を極めんとしている彼女たちになら、カメル神国での俺の仕事を手伝ってもらってもいいかもしれない。むしろその方が、危険なく円滑にことを進められる可能性すらある。

それらを全て踏まえて、レイスをテイムした状態のルナを連れていってはどうかと、俺に具申しているのだろう。

……イヴは、こう見えて、しっかり隊長としての考えを持ち、その役割を果たしているんだな。

なんだか、胸にジーンときた。

「わかった。ルナだけとは言わず、イヴ隊の主要メンバーに可能な限りレイスをテイムさせよう」

「っ！　……ぃの？」

「ああ、いいぞ。それに、お前もだイヴ」

「〜〜っ！」

俺の考えを伝えると、イヴは相変わらず顔を真っ赤にさせたまま、なんとなく嬉(うれ)しそうな感じに見える無表情で頷(うなず)いた。

さて、そうと決まれば善は急げである。俺はあんこにイヴ隊の全員をここに召喚するよう命じた。

この後は、暗殺の準備に加えて、レンコとの密談、ルナと打ち合わせもしなければ。

革命前夜、忙しくなりそうだ……。

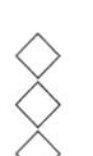

「何？　キャスタル王国が国境で兵を動かしているだと？」

「はい！　昨日遅くに確認されたと。規模はおよそ二万です。たった今情報が入りましてっ」

「今？　もう半日以上も経っているではないか」

「し、しかしながら、国境からの距離を考えますと、早馬でも……」

「口ごたえをするでない。この私を誰だと心得る。ネクスッ！」

「はっ」

ブラック教皇へと報告に訪れた兵士は、近衛兵のネクスによって助けを乞う間も与えられないまに斬り伏せられた。警備に立つ兵士たちは、その様子をただ黙ってじっと見ている。彼らは、内心では「またか」と嘆息していた。

「国境の防備を固めるよう伝えよ。必要であれば援軍を送ってもよい」

「はっ、かしこまりました」

気に食わない兵士を粛清して満足したのか、ブラック教皇は指示を出し、椅子に深く腰掛ける。

彼は、自分が正しい指示を出したと思い込んでいた。事実、それは正しい指示に思えた。明日、革命さえ起こらなければ。

以前、カメル神国軍は、漁夫の利を狙って内乱中のキャスタル王国の背中を突く形で攻め込んだ。その際、有利と思われた戦で酷い敗走を経験している。当時の指揮官は当然の如く粛清されているが、その苦い経験はまだ多くの兵士にとって記憶に新しい。

ゆえに、今回のブラック教皇の指示は、至極真っ当なものであり、同時に間違いであった。

あの日あの夜に起きたことを知っている者たちにとってみれば、キャスタル王国軍は、特にあの男と黒衣の女は、恐怖の対象でしかなかったのだ。

国境の防備を固め、必要であれば援軍を。実に素晴らしい指示。だが、あのトラウマを植え付けられた者からすれば、いくら固めようと、いくら援軍が来ようと、そこに〝安心〟はなかった。

つまるところ……ブラック教皇の「お任せ」ともとれる指示によって、カメル神国軍は期せずして必要の何倍も何十倍も国境を固めてしまうことになる。そうでもしなければ、かつての恐怖に打ち勝てなかったのだ。

ブラック教皇は、自身で国境を固める兵士の数から援軍の数まで、必要最低限の数を考えて指示を出すべきだったのである。面倒くさがり、キャスタル王国へのトラウマを持つ神国軍に全て任せてしまったのが、運の尽きであった。

これがウィンフィルドの狙い。セカンドとあんこによる過去の地獄のような所業を利用し、スチーム辺境伯に国境付近で大規模軍事演習をさせることによって、首都オルドジョーの護りをたった一手で剥がし取ってしまったのだ。

「明日はコンクラーヴェか……」

ブラック教皇は小さく呟くと、熱い紅茶を啜り、窓の外の景色を優雅に眺めた。

そして、たまには外に出してやるのもよかろうと、聖女に対して思考を巡らせる。

彼は、聖女ラズベリーベルを「本物の聖女」であると確信しながらも、自身が信仰を得るための道具としか考えていなかった。

何故、彼がそう思うのか。聖女ラズベリーベルには、常人には考えられない神通力とも呼べる力があったのだ。

まさに聖なる存在。だが、その聖女でさえ、教皇の権力の前には手も足も出ない。ゆえに彼は思い上がる。聖女を飼い殺している自分に何者も敵うわけがない、と。

だが、同時に彼は聖女を恐れていた。本物の聖女であると信じるがゆえに。

だからこそ、監禁して利用しながらも、決して鬼畜なことはせず、裕福な生活を与え、時折は庭に出し、完全に敵対しないよう細やかな気を遣っている。

上に立つ者は、常に追い抜かれることを恐れなければならない。不安がないなど、嘘八百。ブラック教皇は、いつ如何なる時も不安と共にあり、下から迫る何者かに怯（おび）えながら生きていた。

「……逆らわせてなるものか」

コンクラーヴェは、彼にとって非常に重要な場。教皇の偉大なる権力を下々の者へと大々的に示し、反抗する気力を刈り取るのである。

そのためには、聖女という存在が必要不可欠。教皇による独裁体制は、もはや聖女への信仰なくしては維持できないのだ。

革命前夜、ブラック教皇は、底知れぬ不安を抱きながら過ごした。

「――まさか、前と違う女が来るとは思わなかったよ。あんた、軟派な男だね」

深夜零時の森の中、密談場所に現れたレンコは、俺に対して開口一番に憎まれ口を叩く。

彼女へ「今夜会おう」と伝えたのは、前回と違ってあんこではなくルナだった。ルナはレイスを使って完璧に変化し、何処からどう見ても普通の修道女といったルックスでレンコにアポを取りつけたのだ。

そしてそのまま、ルナはカメル教会内部へと既に潜入している。まるで空気にでもなったかのように、何一つ違和感なく場に溶け込み、ごく自然に、いとも簡単に、するりと忍び込んだ。一部始終を俺は遠くから見ていたが、流石は専門と言わざるを得ない華麗な技だった。

一方あんこは、前回と同じく周辺の森の魔物を湧いては潰し湧いては潰しと、俺とレンコが落ち着いて密談できるように裏で働いてくれている。

「軟派な男は嫌いか？」

「さあね。少なくともあんたは嫌いさ」

おっと、こりゃ一本取られたな。

俺は「そうか」と軽く流しつつ、本題に入ろうと口を開いた。

「革命は明け方だ。日の出とともに反教会勢力ディザートが聖地オルドジョーへ奇襲をかける。お前には、日が昇る直前にブラック教皇を暗殺してほしい。俺たちは夜の間に潜入し、それを補佐するように動きつつ、ラズベリーベルを救出、そして革命を成功させる。以上が作戦だ」

「……いいのかい？」

「何が」

「あたいが殺って、いいのかって聞いてんだよ」

「構わない。ただし、二つ約束しろ」

「言ってみな」

「一つ、絶対に成功すること。二つ、絶対に死なないこと」

「ふんっ……了解」

　レンコは鼻を鳴らして、それから引き受ける言葉を口にした。

　ウィンフィルドが言うには、レンコが殺そうとしているブラック教皇は〝影武者〟らしい。だが、それをここで彼女に伝えてしまっては、囮作戦にはならないのだ。ゆえに、少々心苦しいが、一旦、彼女には騙されておいてもらう。

　その代わり……絶対に、彼女を助ける。俺が、責任を持って。死なせるものか。拷問すらさせない。彼女が命を賭してつくり出す隙を、決して無駄にはしない。

　俺たちの目的は、ディザートによる革命を成功させ、ラズベリーベルを救出すること。何一つ、こちらの損害なく、正体がバレることなく。

　さあ、いよいよ、革命が始まるぞ――。

　鈴木いちご。彼は、実におかしな両親のもとに生まれた。

父親はいちごを自分の子供だとは認めたがらず、いちごが生まれたその日に姿をくらました。

母親は生まれた赤ん坊を頑なに「娘」だと言い張った。苺のように可愛く育ってほしいと願い「いちご」と名付けた。２６１９グラムの男の子だった。

以降、いちごは母親によって女の子として育てられる。

誕生日は四月一日。親戚一同からは「嘘みたいな子供」だと言われていた。

小学校入学と同時に、いちごに転機が訪れる。仲間外れだ。

不思議なことではなかった。鈴木いちごという名前に、女の子の服、可愛らしい顔。しかし、性別は男。子供は残酷である。周囲の六歳児たちは、いちごのことを気味悪がり、避けた。

「どうしてうちはこうなんやろ」

六歳のいちごには、どうして自分が避けられるのか、どうして自分は女の子の恰好をしているのか、どうして自分には母親しかいないのか、よく理解できなかった。

そしていつの日か、クラスメイトは話しかけすらしなくなった。

「あの子にはなるべく近付かないように」と。各家庭内で子供への忠告があったのだ。

当たり前であった。鈴木いちごの母親は、何処かがおかしい。母親同士で交流しているうち、いちごを女の子と信じて疑わないその母親のおかしな様子を見て、周囲が気付き始めたのだ。

こうして、いちごは独りになった。相変わらず、女の子の恰好は続けていた。

六年生の時。いちごに第二の転機が訪れる。中学受験だ。

いちごはとにかく地元を離れようと、関東の公立中学校へ入学を決めた。

入学式の時、彼はカルチャーショックを受ける。

ピッカピカの金髪に眉毛のないヤンキー、もはや同じ服とは思えないほどアレンジされた制服を着たギャル、エクステ、つけまつ毛、金属バット、などなど。

そこは不良の巣窟であった。

「ここならうちも目立たへんな！」

当時、ようやっと女装しているという自覚が出てきたいちご。この学校なら自分もやっていけると、前途洋々たる気分で入学した。

だが、そう甘くはなかった。

彼の制服は、当然ながら女子制服。そして、見た目も声も完全に可愛らしい女子生徒。当初、クラスメイトはいちごのことを女子としか認識していなかった。

ある日、事件が起こる。いちごが男子便所へと正面切って突入したのだ。

愕然とする男子たちへ向かって、一言。

「うち、男やで？」

思春期真っただ中の男子たちは、いちごにどう接していいか途端にわからなくなった。一方で女子も、別に心が女であるというわけでもないいちごに、どう接していいかわからなかった。

結果、いちごはものの見事に浮いた。

不良は不良で固まり、陽キャは陽キャで、陰キャは陰キャでと、グループがどんどん固まっていく中、いちごのような子はいちごのような子で固まることができればよかったのだが、生憎とこの中学校にそういった境遇の生徒はいちご一人であった。

「また独りや……」

落ち込んでいても仕方がないので、いちごは勉学に集中することにした。

といっても教室は動物園のようにうるさく、とても集中できない。教室にいて楽しいことなんて何もない。同学年に友達なんて一人もいない。

そのため、いちごは避難するように保健室へと逃げ込む。保健室は、ある種の生徒の避難所のようになっていたのだ。

こうして、一年生の早いうちから、いちごは保健室登校となった。

保健室登校を始めて三日、いちごに人生最大の転機が訪れる。

朝、保健室の奥の机で勉強していると、ドタバタとうるさい男が入ってきた。

「あーっす、あー、腹痛ぇ。あー腹痛ぇなこれ。ヤベーッ、腹痛ぇわこれ！」

「佐藤君、また？」

「いや、今日はマジのガチのやつなんで。ベッド貸してくださいよぉ」

「新学期始まってもう五回目よ？」

「学校来てるだけマシと思いません？」

「……もう」

調子の良い男と、押しきられる養護教諭。

せっかく静かな場所だったのに、急に賑やかになり、いちごは機嫌が悪くなった。

明らかな仮病でベッドに横になっただろう男子生徒は、一体どれほど面の皮の厚いやつなんだと、いちごはそいつの顔を見てみたくなった。

男が寝静まった頃を見計らって、そーっとカーテンをめくる。

そこでいちごが目にした光景は、予想の斜め上を行っていた。

「な、なんやこいつ……」

男は〝ＶＲヘッドギア〟をつけて横になり、ゲームをしていたのだ。

学校に何しに来とんねん！　と、いちごは内心でツッコむ。

それから四時間、いちごはその男が気になり、勉強に身が入らなかった。

正午過ぎ、四時間目の終わるチャイムが鳴り、いちごは昼休憩しようとノートと教科書を閉じて、テーブルの上にお弁当を広げた。

「佐藤君、佐藤君！　お昼！　佐藤君！　起きろっ！　佐藤コラッ！」

「……あー？　あー、吉田先生かぁ。美人女子大生かと思った」

「その手はもう通用しません。起きなさい。お昼ごはん食べられる？　ほらっ」

吉田先生、大変やなぁ……そんなことを思いながら、母親の手作り弁当を食べるいちご。

すると、その佐藤と呼ばれた男はベッドから降り、なんといちごの座っているテーブルの対面の席にドカッと腰かけた。

「……えっ……」

今まで全くと言っていいほど他人とかかわらずに生きてきたため、突然の近距離接近に硬直するいちご。しかし佐藤は会釈すらせず、目を合わせようともしない。彼の頭の中は、99%がゲームのことで埋め尽くされているようであった。

佐藤はガサゴソと制服のポケットから「エネルギー補給ＭＡＸ！」と書かれたゼリー飲料を取り出し、ぎゅっと握りつぶしながら喉奥へ流し込む。

どうやらそれが佐藤の食事のようだと、いちごはチラチラと観察しながら予想する。

その後、僅か十秒とかからず昼食を終えた佐藤は、再び吉田先生の目を盗みベッドへ横になった。

きっとまたゲームするんやろなぁ、といういちごの予想通り、次に佐藤が起きてきたのは、下校のチャイムが鳴る頃であった。

……この佐藤の奇行は、一か月も二か月も、いちごの目の前で続けられた。

どうしてそこまでしてゲームに熱中するのか。次第に、いちごは尋ねてみたくなってくる。何故だか、佐藤のことが気になって仕方がないのだ。

そして、ある日。

「センパイ、なんのゲームやっとるん？」

いちごは、勇気を出して聞いてみた。

「あ？　メヴィウス・オンラインだけど」

「それっておもろいん？」

「ああ、メチャおもろいよ」

以上が、佐藤の十秒間の昼食タイム後の一瞬の隙を突いて交わせた唯一の会話である。

いちごは二か月以上も佐藤の習慣をこっそり観察し続けていたため、会話をする時間はここしかないと見抜いていた。それ以外の場合、佐藤は一にも二にもゲームを優先するため、下手したら無視されると気付いていたのだ。

佐藤七郎、二つ上で三年生のおかしなセンパイ。やっているゲームは、メヴィウス・オンライン。

いちごの佐藤観察日記に、大きな一ページが加わった。

これが、良くも悪くも、いちごにとって運命の出会い。

入学から一年が経ち、いちごは二年生となり、佐藤は卒業した。

新年度が始まると、いちごは言葉にできない寂しさに襲われた。

保健室に佐藤が来ないのだ。一度しか話したことのない相手だが、いちごは暇さえあれば佐藤のことを観察していたため、その喪失感は予想以上に大きかったのである。養護教諭の吉田先生も、何処か寂しそうな様子で仕事をしていた。

ここで、いちごの決意が固まる。

「よっしゃ、うちもメヴィウス・オンラインっちゅうのをやってみよ」

……佐藤との出会いが最大の転機であったならば、この決断が次いで大きな転機であった。それは、何故か。

――鈴木いちご、メヴィウス・オンラインにドハマりする。

自身が男だろうが女だろうが、どんな恰好をしていようが、誰も何も言わない、気味悪がらない、避けもしない。なりたい自分になれる、理想の空間――バーチャル世界。

いちごは、今までの反動からか、現実の自分とはビジュアル的に正反対の坊主頭でダンディなオッサン重装騎士となり、日夜メヴィオンの世界を冒険した。そう、佐藤の影を追い求めて。

そして、入学から三年が経つ。鈴木いちごは中学を卒業し、付近の公立高校へと入学した。

彼の学力ならば、もっと上の、それこそ一流の進学校も狙えたのに、彼が希望したのは中学と似たような底辺公立高校。

理由は単純である。佐藤七郎の入学先に調べがついていたのだ。

この頃から、いちごのストーカー気質がめきめきと頭角を現す。

どうしてそれほどまでに佐藤を追いかけるのか。彼は自分でもよくわかっていなかったが、とにかく佐藤のことが気になって気になって仕方がなかったのだ。

結果、いちごは佐藤の後輩として高校に入学した。

だが、入学して早々、いちごは自身の失敗に思い当たる。

そもそも、佐藤は全くと言っていいほど登校していなかったのだ。

高校は中学と違い義務教育ではない。保健室登校など、ましてや保健室のベッドでゲームなど、まかり通ることではなかった。

よって、いちごも自動的に不登校と化す。ただ、彼は異常に要領が良かった。必要な出席日数を事前に計算し、最低限の出席を確保して、ギリギリで卒業できるように調整していたのだ。最大限学校を休めるよう計算した、計画的不登校であった。

そして、使える時間を全て（すべ）メヴィオンへと注（つ）ぎ込んだ。

彼は発見したのだ、佐藤七郎を。そう、当時、既に世界一位だったプレイヤー『ｓｅｖｅｎ』を。

高校卒業後、いちごはメヴィオンの片手間に受験勉強をして、日本の最高学府である東條大学の理科二類に現役合格する。

彼は大学入学と同時に家を出て、佐藤七郎の住むアパートの隣の部屋に引っ越した。

当然、佐藤七郎に教えることはなく、教えるつもりもなく、顔を合わせるつもりすらなく。ストーキング、否、こっそりと観察するためである。

その後、いちごは生活費と学費を稼ぐため、三か月ほどデイトレードに集中。向こう五十年ほど困らない額を貯金し、メヴィオンと佐藤七郎へと気兼ねなく時間を注ぎ込める環境を作り上げる。

この頃、いちごは軌道に乗り始めていた。

ついにメヴィオンの世界ランキング千位以内となったのだ。その名もフランボワーズ一世。フランボワーズとは〝木いちご〟を意味するフランス語である。

いちごは、フランボワーズ一世として、頼れるオッサン騎士として、皆に慕われながら、男らしくメヴィオン世界を生きた。今までできなかった男らしいことをいくつもした。声も渋めのダンディな雰囲気に設定したし、口調も無口で不器用な男らしい男を意識していた。

その傍ら、彼はｓｅｖｅｎを密かに観察し続ける。メヴィオンの中でも、現実でも。やはりどうしても気になるのだ。毎日一回はｓｅｖｅｎを見なければ落ち着かないし、週に一回は佐藤を見なければ落ち着かない。

そんなある日のこと。大学の講義が長引き、ログインのタイミングがいつもより十五分ほどズレた時があった。

……偶然か必然か。ログインした場所、いちごの目の前には、あのｓｅｖｅｎがいた。

いちごは今まで、ｓｅｖｅｎと出くわさないようこまめに時間を調整し、無駄なくストーキングして、もはや生きがいとなった観察を日々楽しむという手法をとっていた。だが、たった十五分のズレが、ｓｅｖｅｎと対面するという事態を引き起こしてしまったのだ。

長年メヴィオンをプレイしてきたいちごだが、ｓｅｖｅｎと、すなわち佐藤七郎とゲーム内で顔を合わせるのはこれが初めて。当然、佐藤はフランボワーズ一世が中学の頃に一度だけ話したことのある女装した後輩だとは知らない。そもそも鈴木いちごという名前も、女装しているということも知らないだろうし、顔を覚えているはずもない。

いちごは、あまりのハプニングに、暫しフリーズしてしまった。

すると、不運なことに、ｓｅｖｅｎの方から話しかけられてしまう。

「あれ？　なあ、こないだ一閃座(いっせんざ)戦で大剣振り回してなかった？」

その通りであった。ＰｖＰ(プレイヤー・バーサス・プレイヤー)では不利と言われていた大剣に一つの可能性を見出(みいだ)していたいちごは、好んで使っていたのだ。

そして……それが自分だとｓｅｖｅｎが覚えていてくれたことが、いちごにとっては感激以外の何ものでもなかった。

不意打ちに次ぐ不意打ち。ゆえに、つい――感極まった。

「せ、せやねん！　センパイ、見とってくれたん!?　うち嬉(うれ)しいわ～っ！　…………あっ」

瞬間、いちごは、自身がフランボワーズ一世であることを忘れてしまったのだ。

女装した状態の、女の子にしか見えない鈴木いちごが、その口調で喋るならまだしも……ツルッツルの筋肉モリモリなオッサンの状態で、女言葉を口走ってしまった。

それも、初対面のはずの相手をセンパイ呼ばわり。

……気味悪がられる。避けられる。よりによって、センパイに。いちごの血の気が引いていく。

だが、sevenから出た言葉は、相も変わらず、予想の斜め上を行っていた。

「よし、じゃあ一緒にダンジョン行くか」

何が「よし」なのか、何が「じゃあ」なのか、どうして「一緒にダンジョン行くか」となるのか、いちごにはワケがわからなかった。

ただ……不意に、一つだけ、心の奥底で理解した。

鈴木いちごは、男であるにもかかわらず、女として育てられ、男らしさに憧れながらも、決して女装は欠かさず、そうやって矛盾しながら生きてきた。

でも。

――でもな、男とか、女とか、関係あらへん。

うちは、男でも、女でも、この人のことが、大好きなんやなぁ……。

いちごが佐藤への想いを自覚したその日から、めくるめく愛のメヴィオンライフが幕を開けた。

具体的には、sevenが何処へ行くにも何をするにも、時間の合う限り、フランボワーズ一世として共に付いていくようになったのだ。

いちごの生きがいは、メヴィオンの中においては、こっそりと観察することから堂々と観察することへとシフトしていた。

一方で、現実世界では、相変わらずこそこそと観察していた。まさかいつも一緒にいるフランボワーズ一世が隣の部屋の住人だとは、佐藤七郎は知る由もない。

いちごは、毎日が楽しくて楽しくて仕方がなかった。通学のため電車に揺られている間も、大学で講義を受けている間も、昼食代わりの「エネルギー補給ＭＡＸ！」ゼリー飲料を握りつぶしながら飲んでいる僅か十秒の間でさえ、考えるのは佐藤のことばかり。

そんな生活が何年か続き、そして大学卒業後、いちごも佐藤と似たような生活をするようになった。食事・睡眠・排泄といった必要最低限のこと以外を全てメヴィオンに捧げた。その間も、いちごは毎日が楽しくて堪らなかった。空虚に感じていた日常生活が、まるで絵具で色をつけたかのように明るくなったのだ。

センパイの前では、ｓｅｖｅｎの前では、本当の自分を出せる。丸坊主のオッサンで女言葉を喋ろうが、気味悪がられることも、避けられることもない。その安心感は、何ものにも代え難かった。

いちごは、今まで何処か演じていた自分がいたことに気が付いた。「本当の自分になれた」と思っていたフランボワーズ一世というキャラは、本当の自分だと思っていたその〝男らしい男〟のイメージは、ただの憧れだったのだ。

「難儀やなぁ、ほんま」

全くもって難儀な性格をしている自分に、いちごは溜め息を吐く。

いちごは、佐藤に本当の自分の姿を見てほしかったのだ。そして、受け入れてほしかった。

ｓｅｖｅｎとフランボワーズ一世の関係だけでは、本当の自分を本当の意味で受け入れてもらったことにはならない。

それが欲張りな考えだと、彼は自覚していた。それでも、もう自分でも抑えきれないほど、佐藤のことがどうしようもなく好きになっていたのだ。

……だが、正体を明かす勇気など、いちごにはない。ましてや告白など、できるわけがない。

男から告白されても、佐藤は困る。来る日も来る日も観察していたからこそ、いちごにはそれがわかってしまうのだ。

――だから、せめて、バーチャル世界の中でなら――。

「そ、そっくりやな……」

試しに作成してみたサブキャラクターを見て、いちごは感心の声を漏らした。

プレミアム課金アバターを使って、鈴木いちご本来の容姿そっくりに整えてみたのだ。

木いちごの意味を持つラズベリーの後ろに、鈴の意味を持つベルをくっつけて、命名――ラズベリーベル。そう、木いちごと鈴、合わせて、鈴木いちごだ。

これが、いちごの精一杯の勇気であった。

アパートの表札には「鈴木いちご」と書いてある。勘の鋭い人なら、気付くだろう。

「まあ、気付かへんやろなぁ」

愛おしそうに微笑(ほほえ)みながら、自分の分身を見つめる。

こっそり育成していこう。そして、いつか、いつの日か。いちごは、そう心に決めたのだった。


……サブキャラ作成から数日後。気が付くと、いちごはメヴィウス・オンラインの中にいた。

ここ数日間の記憶が、ごっそり抜け落ちている。そう自覚するまでに、数秒の時間を要した。

そして、いちごの目の前には――巨大な〝カメル神像〟。

そこは聖地オルドジョーの中心、聖殿の中。サブキャラ「ラズベリーベル」が、最後にログアウトした場所である。これから順次【回復魔術】を習得させていこうと、ここまで連れてきて、そのまま放置していたのだ。

ということはつまり、いつの間にやらラズベリーベルでメヴィオンにログインしたということ。

あまりにも唐突。「うち疲れてたんかなぁ？」と、なんともおかしな状況にいちごは首を傾(かし)げる。

「おお……おおお‼」

すると、いちごの背後で、男が感嘆の声をあげた。

「……な、なんや？」

いちごは振り返り、その声の主を確かめる。そこには、目をこれでもかと見開き、今にもいちごを拝まんとする男の姿。カメル神国の独裁者ブラック教皇であった。

いちごは思う。こいつ、こんなこと喋るＮＰＣ(ノンプレイヤーキャラクター)やったっけ――？

「せ、聖女様のご降臨である！　皆の者、祈りを捧げよ……ッ！」

次の瞬間、ブラック教皇は声高に叫び、いちごに頭を下げた。直後、その後方に勢揃いしていた数百を優に超える人数のカメル教の信者たちが、一斉にいちごに対して祈りを捧げた。

「何？　聖女？　うちが？　……はぁ？」

困惑するいちご。それもそのはずである。メヴィオンに〝聖女〟などという役職は存在しない。考えられるのは、直近のアップデートでなにやらおかしなストーリーイベントが実装されたのかもしれないということ。

「……仕方あらへんな、もう。付き合うたるから、さっさとしぃや」

溜め息まじりに、いちごは小さく呟く。

強制イベントなら、いっそサクッと済ませてしまおう。それから、ラズベリーベルに【回復魔術】を覚えさせて、【調合】も覚えさせて、サポートキャラとして本格的に育成していこう……と。

……この時、いちごは、まだ何も知らなかった。

数時間後――三つの事実に気付き、愕然とすることとなる。

一つ。鈴木いちごは、自ら命を絶っていた。それを鮮明に思い出してしまった。クラック事件から、佐藤七郎の死亡という、あまりにも受け入れ難い現実、酷烈極まりないショックにより、彼の脳が非常に強いストレスと精神的苦痛に耐え切れず、精神を防護するため現実の認識を遮断し、その結果として記憶が途切れ途切れになっていたのだ。

二つ。ここは、紛れもない現実の世界であるということ。ログアウトなどできず、時間が経てばお腹が減るし、トイレにも行きたくなるし、頬をつねると痛い。鈴木いちごという人間の意識は、ラズベリーベルという器を得て、メヴィオンとそっくりの世界に転生していた。

三つ。彼は、彼女になっていた。ラズベリーベルは、女キャラクターである。股間にあるべきものがないことに気付いたいちごは、その夜、枕を濡らした。

――全てが酷く噛み合っていた。

いちごがカメル神像の前に現れたその時、ブラック教皇と大勢の信者たちは、〝お祈り〟の真っ最中であった。不運にも、多くの者に目撃されてしまったのだ。その〝神通力〟を。

聖地オルドジョーは、カメル神国内で最も監視の厳しい場所。そんな何も起きないはずの空間に、美しき女性が突如として出現する。勘違いしても仕方のない現象であった。タネも仕掛けもない、まさに神通力とも呼べる所業。その瞬間に聖女だと確信した教皇が「聖女の降臨」と叫んだのも、信者たちがいちごを聖女と思い込む大きな要因の一つとなった。

お祈りの最中、その目の前にログインしてしまう……たったこれだけで、ラズベリーベルは聖女として多くの信者に認められてしまったのである。

よって、ラズベリーベルはカメル教の聖女として、その身をカメル教会に囚われてしまう。

そして、問題はこれだけではなかった。

まさに今からサポートキャラとしての育成を始めていこうと考えていたラズベリーベルの成長タイプは、もちろん〝サポーター〟。そのステータスは雀の涙ほどもない。

戦闘系のスキルは何一つ上げておらず、経験値も【回復魔術】と【調合】の習得に必要な分以外は稼いでいない状態。いちごの無駄を省く計画的な性格が、裏目に出ていた。

ゆえに、ブラック教皇に逆らえる〝力〟を得ることができなかったのだ。外出は当然禁止、つまり経験値稼ぎはおろか、スキル本を読むことすらできない。聖地オルドジョーに監禁される生活の中で、唯一覚えられるスキルといったら【回復魔術】や【調合】などの戦闘を必要としないサポート系スキルくらいのものであった。

加えて、その【回復魔術】と【調合】が、いちごへと追い打ちをかけることになる。

いちごにとって常識とも言える《回復・異》や《回復・全》の習得方法は、カメル教の中では秘匿中の秘匿事項。それを軽々と覚えてしまったラズベリーベルという存在は、まさに神と通ずる力を持っていると思われても仕方がなかった。これによって、周囲はラズベリーベルを聖女と信じて疑わなくなってしまったのだ。

おまけに、関西弁も悪い方向へと働いた。カメル神国の人々にとっては、ラズベリーベルの喋るこてこての関西弁が何処か〝古語〟のように聞こえ、なんとも「それっぽかった」のである。

こうして、ラズベリーベルは万人の認める聖女となった。

祈りを捧げ、信仰を集め、回復魔術をかけ、〝薬〟を調合し、民衆を救う。決して悪くはない生活。

だが……聖女として生きる。それはいちごにとって、空虚な生活への後戻り。

ｓｅｖｅｎのいない、佐藤のいない生活など、いちごにはもう考えられない。

「きっとセンパイもこの世界に転生しとるはずや……っ」

絶妙におかしなこの世界に困惑しながらも、いちごはギリギリで絶望しなかった。一縷の望みに賭けて、毎日を過ごす。佐藤七郎の影を追い求めて。それが、いちごにとっての、唯一の希望。

だが、やはり、一人では限界があった。そもそも外に出られなければ、外界と連絡すら取れないのだ。探しようがなかった。

そんなある日、いちごに転機が訪れる。

巡礼という、カメル神国内にある教会を順に巡る機会。そうして聖女への信仰を集め、教皇の威光を増すためのその行事で、カメル神国南部の街に立ち寄った際のことである。

キャスタル王国から侵入してきた疑いのある馬車が、神国兵に追われて街に突入してきた。

待ち伏せしていた兵士の攻撃によって横転した馬車の中から、一人の女が飛び出す。

使える――いちごは、瞬時に計算する。

「ちょい待ちぃ。聖女の前で殺生は、あかんのとちゃうか？」

背中に二桁近い矢を受けて瀕死となった女へ、兵士が剣を振り下ろす直前。いちごは聖女としての言葉で、その兵士を止めた。

「この子、うちが預かるわ。どやろか？」

「……好きにすればよかろう。聖女様の博愛主義も、今に始まったことではない」

衆目を前にして、ブラック教皇へと打診する。

言わずもがな、断りづらいことを見越しての、あえての問いかけであった。

「動かんといてや――」

いちごは女の背中に刺さった矢を一本一本引き抜いてから、《回復・大》で彼女のＨＰを回復させた。女は見る見るうちに顔色が良くなり、朦朧としていた意識を取り戻す。
矢のなくなったその背中は、服にいくつも丸い穴が開いていて、まるでレンコンの断面のようであった。

「なあ、名前教えてや」

「…………あたい、は……」

「なんや自分、名乗れへんのか？　よし、ほんなら今日からレンコや。うちの身の回りの世話してもらうで。一緒に来ぃ」

こうして、いちごはレンコを拾った。利用するために。

スキルの習得方法を教え、経験値の稼ぎ方を教え、隠密行動を学ばせ、外界の情報を仕入れさせることにしたのだ。

全ては、佐藤七郎と再会するため。ブラック教皇に対抗する力を蓄えるため。

来るべき時に備え、いちごは、レンコを己の武器に仕立て上げた。

「……ほんまか？」

「はい。セカンド・ファーステストという男が冬季タイトル戦で一閃座・叡将・霊王の三冠を――」

「それっ‼　ほ、ほんまかっ……⁉」

「は、はい。本当です。ラズベリーベル様……？」

「…………〜〜〜っっ！！！！」

――サブキャラにセカンドと名付けるふざけたセンス。家名にファーステストと名付けるもっとふざけたセンス。「絶対にそうや！」と、いちごは確信した。

鈴木いちごの二十六年の人生の中で最も嬉しかった瞬間（暫定一位）である。

「て、て、て、手紙っ！　いや、あかんかっ？　レンコに直で行ってもらうか？　いやでも、やっぱり手紙か！　あぁ、なんて書いたらええんやろ……あぁ、あぁ、センパイ、生きとった……よかった、よかったわぁ……！」

嬉しいやら安堵するやら興奮するやら接触方法に悩むやらで、様々な感情がごっちゃになり、いちごは泣き笑いしながら引き出しの中身をひっくり返して紙とペンを探した。しかし、外界との接触を禁じられている聖女の部屋に紙とペンなどあるはずもない。そんな基本的なことを忘れるほど、いちごは気が動転していた。

まるでラブレターの内容に悩む恋する乙女。そんなラズベリーベルの様子を、レンコは何処か寂しそうに見つめていた。

結局、セカンドへの手紙は、いちごが丸一日かけて内容を考え、それを暗記したレンコがカメル教会に気取られぬよう細心の注意を払って送ることとなる。

それから数日後、セカンドは、恐るべき早さでレンコへと接触してきた。

革命という、ドでかい爆弾を抱えて。

再会の時は、刻一刻と近づいていた……。

第三章　さようなら

「――ぐあああぁッ！」

全ては、一つの悲鳴から始まった。

夜明け前の静寂を、男の悶絶する声がつんざく。

「ふん。他愛ないねブラック。こうもあっさり殺せるなんて、拍子抜けさ」

覆面を付けた女――レンコが、嘲るように笑った。彼女は暗殺のプロではない。ゆえに【体術】スキルを使い、相手に声を出させながら実に豪快に殺している。

「こちらこそ拍子抜けです。まさかこんな罠に引っかかるマヌケがいるとは」

「チッ……もう来やがったかい」

十秒と経たずに駆けつけた男は、近衛兵ネクス。二十代後半にしてブラック教皇の側近となった天才剣術師だ。

レンコはその場から逃走するため、まるで忍者のように軽い身のこなしで三回バク転し、窓のふちへと足をかける。

「残念。そちらは包囲済みだ」

「……くそっ！」

ネクスの言葉通り、窓の外には数十人の兵士が待ち伏せしていた。

あまりにも兵士の動きが迅速すぎる。

まさか！　――レンコは思い至った。

「そう、貴女が殺したのは影武者です。貴女のようなマヌケをあぶり出すための罠だったのですよ」

ネクスが答え合わせをする。同時に、部屋の扉から大勢の兵士たちが雪崩れ込み、レンコを取り囲んだ。

「やるじゃないのさ……でもね、一筋縄でいくあたいじゃあないよっ！」

これ以上の抵抗は無駄かと思われたが、次の瞬間、レンコは拳と拳を胸の前で合わせ、ポーズをとった。

「変身‼」

まばゆい光と風がレンコから発せられ、レンコの周囲にいた兵士が吹き飛ばされる。

《変身》スキル使用時の無敵時間は八秒。うち自由に動けるのは、六秒経過後の二秒間のみ。

この二秒を利用して、窓の外へと飛び出して屋根の上にのぼり、変身後の高いＡＧＩを利用して逃げるか。それとも、正面のネクスたちをぶちのめして突破するか。逃げるか攻めるかの、二択。

レンコは当然「攻め」を選んだ。

悪い選択ではなかった。兵士たちとレンコとの力の差は歴然。十人程度なら、変身後のレンコの敵ではない。また、ここでネクスという教皇側の主力を倒しておくことは、革命の成功率をグンと上げることに繋がる。屋根の上へと逃げるのは、それからでも十分に遅くない。

……ただ、一つ、想定外のことがあった。

近衛兵ネクスの〝対人戦〟における異常なまでの強さである。

強いとは知っており、警戒もしていたレンコであったが、よもやここまでとは思っていなかった。

「甘い」

「ぐっ……！」

《香車剣術》による鋭い一撃。レンコは肩に剣を受け、バランスを崩す。

実に巧妙な一撃だった。他の兵士たちを肉壁のように利用して立ち回りながら、ここしかないというレンコの隙を突いて繰り出したネクスの【剣術】は、明らかに殺し合い慣れしている者の動き。

当たり前である。ネクスはこれまで、ブラック教皇の命令で何十人何百人という者をその剣の錆にしてきた。中には激しく抵抗する者もいた。中には達人と呼べるような強者もいた。それでも彼は、圧倒的に、一方的に斬り伏せてきたのだ。カメル神国で最も強く恐ろしい剣術師、それがネクスなのである。

更に、【体術】と【剣術】の対戦は、剣のリーチが長い分【剣術】が有利である。

つまり、レンコが《変身》していて尚、ネクスが互角に渡り合えている理由は、人数差と経験差に加えてスキルの相性にあると言えた。

「焦りが見えてきましたよ」

「うるさいねっ……！」

戦闘開始から五分が経過する。変身時間は、残り二分。

レンコはネクス以外の兵士たち十人を既に倒していた。だが、倒せども倒せども、兵士は次から次へと補充される。この状況を打開するには、レンコの自由な立ち回りを妨害してくるネクスを倒すよりない。

だが、ネクスはやはり強かった。レンコが攻めようとすれば兵士を利用していなしながら隙を突き反撃を繰り出してきて、レンコが逃げようとすれば恐ろしい速さと鋭さで斬り込んでくる。

そうして、一進一退の攻防をしているうち……二分が、経ってしまった――。

「捕えよ！」

ネクスの命令で兵士たちが一斉に襲い掛かり、《変身》の解けたレンコを拘束する。

〝隷属の首輪〟と呼ばれる罪人用の拘束具を無理矢理につけられ、レンコはついに沈黙した。

隷属の首輪をつけられたものは、一切の攻撃ができなくなる。つまりは〝攻撃不可〟が発動する。

メヴィウス・オンラインではストーリーイベント中にのみ登場したアイテムだが、この世界では国・騎士団・商人、果てはアンダーグラウンドにまで広まっていた。人間は常に安心を求めて生きる動物。攻撃不可という「安心」は、何にも代え難い価値なのだ。

「お前は確かラズベリーベル様の……そうか、なるほど」

ネクスはレンコの覆面を剥ぎ取り、その顔を確認すると、一人納得する。

「こいつを地下牢へ送れ。拷問の準備を」

早急に情報を吐かせなければ、教皇の身が危ない。そう考えたネクスは、教皇への報告の後、レンコの拷問を急ぐことに決めた。

「――こっ、これは聖下！　何故このような場所へお一人で……？」

「私を暗殺しようとした者がいたらしいではないか。顔を見に来てやったのだ」

「左様で御座いましたか！　し、しかし、恐れながら、ネクス様に誰も通さぬようにと」

「私でも通すなと聞いたのか？」

「い、いえ、それは……しかし危険では」

「隷属の首輪がついておるのだ、安心であろう」

「ですが……」

「これ以上、馬鹿なことは申すな。命拾いしたければな」

「はっ……！」

レンコが投獄されてから五分と経たぬうちに、地下牢をブラック教皇が訪れた。

番をしていた兵士を脅し、中へと入る。

「供はいらぬ。顔を見るだけだ。二分とかからず出てくる」

「はっ」

威圧的に兵士の随行を断り、ブラック教皇は一人で地下牢を歩いて、突き当たりの檻の前で足を止めた。

「……影武者ってのは本当だったのかい。はぁ、嫌になっちまうよ」

檻の中にはレンコがいた。ブラック教皇の顔を見るや否や、悪態をつく。

そんなレンコの様子を見て、ブラック教皇はニッと笑い、口を開いた。

「来い、あんこ」

「――はい、主様」

レンコの真横で闇が歪み、暗黒が女の体を形作る。暗闇の中から姿を現したのは、いつかアンと名乗った修道女。薄ら微笑む口元と糸目が特徴の、身の毛もよだつ気配を放つ女。

「なっ……!?　あんた、まさか……！」

「時間がない。俺の家に転移させるぞ」

ブラック教皇の姿に化けた男は、レンコの驚きを遮りながらそう言って、あんこに指示を出そうとした。

あまり時間をかけると、牢屋の番に怪しまれる。ゆえに、無駄口を叩いている暇はない。

すると、レンコは立ち上がり、男に詰め寄りながら、意外な言葉を口にした。

「ま、待ちな！　あたいにチャンスを……！　もう一度、チャンスをくれないかい？」

問答無用で退場させられる。そう気付いたレンコは、必死になって懇願したのだ。

「チャンス？」

「次こそは、教皇を殺してみせる！　あたいに、けじめをつけるチャンスをおくれよ！　ラズベリーベル様に、恩返しするチャンスを！」

「けじめとか恩返しとか聞こえの良い言葉で言うけどさ、お前、自分が満足したいだけだろ？」

「ち、違う！　違う……っ」

ナイフのように鋭い言葉が突き立てられる。

レンコは悲しげな顔で否定し、言葉を続けた。

「ラズベリーベル様は、あたいを利用してる。あの方は、優しいのさ。利用しながら、利用してることに心を痛めてる。あたいがこのまま退場したら、全部無駄だったたってことになる。ラズベリーベル様は、もっと気に病んじまう……」

「……って、気がしてるだけだろ？　実際はなんとも思ってないかもしれない。思春期特有の一方的な思い込みだ」

「………っ」

沈黙するよりない。男の言う通りだった。ゆえに、レンコはこれ以上の言葉が出ない。

「残念だ。お前は俺の性格をわかってない。それが敗因だ。R6(リームスマ・シックス)のメンバーならもっとマシな啖呵(たんか)を切っただろうな。悪いが、これ以上付き合っていられない」

……存外、甘い男である。

R6。ここでその名前を出した意味を、レンコは理解していなかったが、しかし、彼女の感情は、男の狙(ねら)い通りに変化する。

「……最後まで、立ち向かいたい」

「…………」

「聖女なんて、カメル神国なんて、正直どうでもいい。あたいは、意地でも、最後まで立ち向かいたい。ラズベリーベル様を、あんなに無邪気で可愛(かわい)らしい普通の子を、鎖でガッチガチに縛って利用してたあのクソ野郎を死ぬほど痛めつけてぶち殺したい……ッ！」

　レンコの口から、強く、とても強く、本音が出た。

「失敗するかもしれない。迷惑かけちまうかもしれない。それでも、あたいは、あたいのために立ち向かいたいんだ。ラズベリーベルっていう一人の女の子の心を知ってる、このあたいが」

　レンコは知っていたのだ。ラズベリーベルが、どんなに凄い能力や知識を持っていようが、その心は聖女でもなんでもないことを。ごくありふれた一人の乙女だということを。

「……拾ってもらったこの命、あの子のために散らせちゃあくれないか」

　冷たい石の上で正座をし、地面に拳を突いて頭を下げる。

　今の彼女はレンコであり、レンコではない。かの誇り高き大義賊、その親分リームスマの一人娘レイである。かつてあった熱き義侠心が、彼女の中に戻ってきた。

　悪を挫く悪の道。義賊の道。誰のためでもない。全ては己の道に背かないため。

　命を燃やす男たちの生きざまは、彼女の心にしっかりと受け継がれていた。

　そして、対する男は……理屈を抜きに、効率度外視で、こういうやつが大好きだった。

　パキン──と、レンコの首についた隷属の首輪が壊される。

「今からオルドジョー北に飛ばす。東ルートでオルドジョーに潜り込め。教皇はその先にいる」

「…………っ‼」

　男のもとに、通信が入っていた。

　コードネーム「コンサデ」からの通信。「有事の際、教皇は東部の指揮を執る」とのこと。前日からの潜入調査の中で、確かな情報を入手したのだろう。

「……ありがとう」

「感謝は終わってからだ。後のことは気にするな、やりたいようにやれ」

「ああ。すまない、恩に着るよ」

あんこの《暗黒転移》と《暗黒召喚》で、レンコはオルドジョー北の森へと飛ばされた。

男には、負い目があった。暗殺対象が影武者と知っていて尚、彼女に危険な橋を渡らせた負い目が。ゆえに、なるべくは願いを聞いてやりたいという気持ちがあった。

だが、それを抜きにしても、彼は本物の教皇の暗殺を彼女に任せることに決めた。恐らく失敗するだろう。その結果として、自分が尻拭いをするはめになる。それをわかっていても、彼女に一旦は任せる。あえてそう決断したのだ。

二度手間だろうが無駄だろうがなんだろうが関係ない。死ぬまでネトゲに人生を賭け続けてきた〝無駄の塊〟のような男が言えたことではない。

ここで彼女に任せる。それに意味がある。価値がある。

こうと決めたものに命を賭けることの美しさを、彼は身に染みてよく知っていたのだ。

「どうすっかなぁ……」

男は溜め息一つ、レンコが失敗した後のことを考えながら、地下牢を後にした。

向かう先は、聖殿――聖女ラズベリーベルの部屋。

この数分後、反教会勢力ディザートが、首都オルドジョーへと奇襲を仕掛けた。

そして、夜が明ける……。

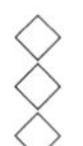

「落ち着かねぇー……」

現在、俺は、ラズベリーベルの部屋へと繋がっている修道院の中を歩いていた。

何故落ち着かないのか。理由は単純、女装しているから。というか女の姿そのものだから。

まず門番に気づかれないよう修道院の中に転移した後、適当な修道女を見つけて背後から目隠しを被せ、彼女をあんこの《暗黒転移》と《暗黒召喚》で遠くの街に飛ばして置き去りにし、彼女の容姿そっくりにレイスで変化して戻ってくる。なかなか強引なやり方で、ちょいとばかし時間がかかってしまったが、これで難なく潜入できた。

レイスの面白いところは、姿だけでなく声も変化するという点だ。感覚的には〝真似〟ではなく〝複製〟に近いと思う。恐らくキャラクターデータをそのままコピーしているのだろう。ゲーム的というかなんというか。使ってみて改めてわかる、非常に便利である。

俺は堂々と修道院の廊下を歩きながら、聖女の部屋を目指した。部屋の場所は、予め潜入していたルナが、じゃなかった、コードネーム「コンサデ」が既に特定済みだ。

「ここか」

明け方だからか、誰とも出くわさずに部屋の前まで辿り着いた。なんだか誘われているようで少々不気味である。

ドアノブに手をかけると、カチャリと抵抗なく開いた。鍵はかかっていない。

「……はい、いません。っと」

案の定と言うべきか、ラズベリーベルはいなかった。

聖女の世話係レンコによる教皇暗殺未遂で、向こうは警戒を強くしている。そのため聖女を安全な場所に移動させた、と見るべきだろう。もしくは、聖女さえ疑って見ているか。

ええと、いなかった場合はどうするんだったっけ……ああそうだ、ルナに通信だ。

俺は修道院を後にしながら、ルナに「いなかった」と通信を入れる。数秒で「暫しお待ちくださ い」と返信が来た。

それから十分ほど経って「発見しました」と通信が来る。ええ……彼女、有能すぎません？

ルナは「オルドジョー北東D地点に転移後、川沿いに南進してください」と言う。前日の打ち合わせで大体の転移ポイントを共有していたので、誰にもバレずに安全に、かつ最も近い場所に転移できるよう教えてくれているのだ。

オルドジョー北東D地点。そこは激戦区と予想していた峡谷から少し離れた川のほとり。彼女の指示通りに転移すると、ズボッと足が雪の中に突き刺さった。一晩で随分と降り積もったようだ。

「主様、寒くは御座いませぬか？」

「大丈夫だ、動けば温まる」

あんこが体を撫でて心配してくれる。残念ながらゆっくりと温まっている暇はない。

そろそろ日が昇りきる頃(ころ)。日陰に入らなければと進行方向に影を探したが、見通しが悪く先の方がよく見えない。

これでは影から影へ転移するより、普通に走った方が早そうだ。俺はあんこに「暫し休んでおいてくれ」と伝えて、感謝とともに《送還》した。

さて走ろう。さあ走ろう。しっかし、雪が足にまとわりつくなこりゃ……。

「ああくそっ、走り難(にく)いったらねえよ！」

とかなんとか悪態をつきながら移動しているうちに、峡谷の脇(わき)に出た。

そこは激戦の真っ最中だった。きっと白い外套(がいとう)の方がディザートだろう。おお凄い、少人数なのに素早く立ち回って圧倒している。チームワーク抜群だ。対して、こんな雪の中なのに馬鹿みたいにゴツイ鎧(よろい)を着ている方がカメル神国軍だろう。そりゃ押されるっちゅーねん。機動力皆無だもの。

俺は彼らに気づかれないように、しれっとした顔でカメル神国軍の兵士に化け、本陣へと突入していったディザートの後を追うカメル神国軍の、更にその後ろを追う形で、こそこそと先へ進んだ。

きっと、ディザートが一点突破していった先に教皇がいる。そして、ラズベリーベルも。

レンコのやつ、どうなったかなあ……と、ぼんやり考えながら、俺は雪道をひたすら歩いた。

奇襲は大いに成功した。ディザートは雪と闇(やみ)にまぎれて接近し、大量の火矢を放つ。冬の乾燥し

た空気で燃え広がり、明け方のオルドジョーは途端に大混乱と化した。

とはいえ、そもそもの人数差は絶望的。カメル神国軍は多少の混乱などものともせず、瞬く間に兵を展開する。

しかし、ディザートはここからが強かった。

練りに練られた〝白銀作戦〟の開始である。彼らは数十の部隊に分かれ、渓谷や森などの地形を存分に利用し、カメル神国軍を次々に分断、散り散りとなった兵士たちを各個撃破していった。

数で押しつぶせばものの数時間で決着はつく、と。当初はそう考えていたブラック教皇だが、人数差の通用しない地形に、何処から攻めてくるかわからない白銀の戦士たちによって、どんどんと削られていく自軍を見て、頭を抱える。

現在のオルドジョーは、教皇の思っていた以上に手薄であった。キャスタル王国を恐れて国境へと兵を送った影響だ。

また、兵士たちの雪中戦の練度は低く、士気も最低であった。これまで信仰を逆手にとり奴隷のように扱き使ってきたことによる当然の結果である。

……負けはない。それは明らかだが、長期化は十分にあり得る。そして、その中で唯一、負ける可能性が出てくる要素とすれば……。

「聖下、お気をつけを」

そう、暗殺である。一度は影武者でことなきを得たとはいえ、二度目がないとは限らない。

近衛兵ネクスによる忠告に、ブラック教皇は深く頷いて口を開いた。

「場合によっては、ネクス、お前に頼むやもしれん」

「お任せください」

ネクスは無表情で頭を下げる。護衛を頼む、という当たり前の話ではない。それは、安易に言葉にはできないほど恐ろしく悍(おぞ)ましい依頼であった。

「ブラック、まさか自分、アレを使うつもりやないやろな……」

「口の利き方がなっておらんぞ、ラズベリーベル」

オルドジョー東部の本陣、ブラック教皇が指揮を執るその場所にラズベリーベルの姿もあった。

ネクスが連れてきたのだ。彼はラズベリーベルを疑っていた。レンコによる影武者の暗殺は、彼女の差し金によるものではないかと。そして、彼女はディザートと繋(つな)がっており、彼女を奪取しにディザートが訪れるとも読んでいた。ゆえに、聖女をこの場に置き、ネクスが直々に監視しているのだ。

教皇と聖女、この二人がいるということは、即(すなわ)ち、ここがオルドジョーで最も安全な場所ということ。全(すべ)ての兵力が集中している、最も防護の堅固な場所である。

暗殺できるものならしてみろ、奪取できるものならしてみろ、というのが、ネクスの本音。そして、もしも、この場に到達するような圧倒的強者(つわもの)が現れた時には……。

「どりゃァ――――ッ‼」

隊列をなしていた兵士たちの一部が、爆発でも起きたかのように吹き飛んだ。

「やはり情報は正しかった！　教皇はここだッ！　総員突撃ィイイイ‼」

反教会勢力ディザートのリーダー、ブライトン。彼を先頭とした革命軍の本隊が、本陣へと捨て身の突撃を仕掛ける。

直前、ある人物との接触があったのだ。「教皇はここにいる」と、彼女がそう教えてくれた。

教皇の居場所さえ判明していれば、後は単純だ。ディザートの全勢力を集中させて決死の突撃をぶちかませばいい。

「何故ここだとわかった⁉」

「今日はコンクラーヴェだろう⁉　もう何人もの枢機卿を殺した！　次は貴様だブラック！」

「どうして知っている⁉」

「自分の胸に聞いてみるんだな！」

コンクラーヴェがバレているという状況、互いに「教皇サイドに裏切者がいる」と考えるところだろう。しかし真実は、全くもって無関係な精霊による仕業。当然、気付けるわけがない。

「うらぁああッ！」

ブライトンは大盾を構え、《飛車盾術》の突進で何人もの兵士を弾き飛ばす。そして突進が止まると、今度は大剣に持ち替えて、進路を塞ぐ兵士たちをバッタバッタと薙ぎ倒した。

彼は実に強かった。【剣術】も【盾術】も、どちらも殆どが高段。復讐したい一心で、決死の覚悟で身に付けた力であった。

こうしてブライトンを主力に、ディザートの戦士たちは本陣を一点突破し、ついには教皇の目前にまで辿り着く。

「な、何故、これほどまでっ……!?」

……強すぎる。人数差ではカメル神国軍に分があっても、その戦力差は明らかにディザートが勝っていた。教皇はその勢いに威圧され、一歩後ずさる。

中でも、ブライトンに負けずとも劣らない、獅子奮迅の活躍を見せる戦士がいた。それは――

「――あたいさっ!!」

レンコだ。

彼女は高段の【体術】で電光石火の如く素早く移動しながら次々と兵士を無力化していった。

彼女こそが、ディザートが僅か数百人でこの本陣を突破できた大きな要因の一つ。教皇の位置情報を教えた当人。一人では無謀だと踏んだ彼女は、ディザートとの協力を選択したのだ。

このレンコとブライトンの異常なまでの強さに加え、地形と、天候と、情報と、雪中戦の経験差と、士気の高さの差が、奇跡的に揃ったことで、番狂わせが起こったのである。

本来、特定のスキルの殆どが高段の者など、言わば〝突然変異〟のようなもの。一般的な視点から見れば、バケモノのように強い。誰もが「明らかにおかしい」と感じる強さである。

復讐のために全てを賭して強くなった男と、世界ランキング最高百二十八位「フランボワーズ一世」から教えを受けて強くなった女。この二人のバケモノが揃ってしまったからこそ、教皇は一気にここまで追い詰められることとなった。

……だが。この場に、バケモノはもう一人いた。

「シーク、聖下とラズベリーベル様を頼む」

「はっ」

近衛兵ネクス。カメル神国で最も強い剣術師。彼もまた、突然変異のうちの一人。

彼は自身の部下のシークに教皇と聖女を護衛するよう伝え、前方に躍り出た。

「君たちの戦力を侮っていた責任、貴女を逃がしてしまった責任、ここで果たさせてもらいます」

ブライトンとレンコは、ブラック教皇にとってあまりにも危険な存在。ゆえに、ここで潰しておかなければならない……ネクスはそう考えた。

「あ、あかん！　レンコ！　逃げんとあかん！」

ラズベリーベルが叫ぶ。もはやレンコと共謀していることを隠そうともせず、必死に。

彼女は察知したのだ。ネクスが使うつもりだと。

レンコは「大丈夫」とジェスチャーを送った。ネクスと戦うのは二度目、その実力はしっかりと把握していた。変身後の自分に加えてブライトンがいるのだから、負けるはずはない。それは明白であった。

「そうやない！　あいつが！　あいつが持っとるんは……っ！」

しかし、それでもラズベリーベルは叫び続ける。どうも様子がおかしい。レンコは首を傾げ、そして、ふとネクスが手に持っている物に目が留まった。

……小さな、ポーションの瓶。青い液体の入ったそれを見て、ぶるりと、レンコの体が震えた。

「なんだい、アレ……ヤバそうだね」

「あいつを止めるぞ！」

ブライトンが叫ぶ。直後、ディザートの戦士たちがネクスへと一斉に襲い掛かった。

だが……もう、なにもかも、手遅れだった。

ネクスの体が、青白く光り輝く。彼は、ポーションを飲んでしまった。

〝兇化剤〟という名の、世にも恐ろしいバフ・ポーションを。

「――ッ⁉」

ネクスは目の前に迫ったディザートの戦士たちへ向けて剣を振る。

それは、ただの《歩兵剣術》であった。

にもかかわらず……彼らは、たったの一撃で絶命する。

「あかん……っ！」

ラズベリーベルは、そのポーションの正体を知っていた。

兇化剤――六百秒間、全ステータスが２０００％になる、最強最悪のバフ・ポーション。

その代わり、六百秒経過後、使用者は必ず死亡する。

メヴィウス・オンラインでは、使用できるタイミングが相当に限られている、非常に使い勝手の悪いポーションという認識だった。特に上級者は、デス・ペナルティを嫌って使っていなかったアイテムである。

それが、現実世界となった今、こうも〝特攻〟に最適なアイテムとなるとは……ラズベリーベルも思ってはいなかった。命と引き換えに十分間、二十倍のステータスを手にする。まさに「最後の抵抗」に相応しいポーション。

……そして、これは、ラズベリーベルがブラック教皇に命じられて【調合】したものであった。

「どうかね？　己の調合した物にお仲間が苦しめられる光景は」

「……許さへんぞ、ブラック。今のうちに念仏でも唱えておくんやな」

「ふむ、折角だから種明かししておこう。カラメリア、あれは鎮痛薬でもなんでもない。ただの麻薬だ。お前がせっせと調合してくれたお陰で、神国は潤いに潤った。礼を言おうラズベリーベル」

「そっ……そんな、アホか！　あれほど扱いに気ぃつけぇ言うとったのに！」

「私はお前を恐れていた、本物の聖女だと。ゆえに従順なフリをしていたのだ。だが、こうとなっても奇跡はなかなか起きぬものだな？　つまりお前は聖女などではないのだろう。媚びへつらって損をした気分だ」

「き、貴様ぁああああっ！」

ぐいっと、近衛兵のシークが激昂したラズベリーベルを教皇から遠ざける。

ハハハハと、教皇の愉快そうな笑い声がこだました。その視線の先では、兇化したネクスとディザートの戦士たちによる一方的な戦いに、早くも決着がつこうとしていた。

「ぐっ……う！」

ボロ雑巾のようになったブライトンが、ネクスの一撃に弾き飛ばされ地面を転がる。

「く……そォ……！」

レンコは、ただ気合で立っているだけのような状態。

「…………」

ディザートの戦士たちは、その尽く(ことごと)が地面に倒れ伏していた。

一方、ネクスは――無傷。

幾人の猛者(もさ)たちが力を合わせても、傷一つつけられない。ステータス二十倍とは、それほどのものであった。

「トドメだ」

ブライトンの前に立ち、無慈悲にも《歩兵剣術》を振り下ろすネクス。

ここで終わりか――脱力したブライトンがその瞼(まぶた)の裏に家族の顔を思い浮かべた、次の瞬間。

「な⁉」

ネクスの剣が、何かにぶつかる音が聞こえた。

「――申し訳ありません。少し遅れてしまいました、兄さん」

キラリと光るミスリルピアス。

腕についた小さな盾で、二十倍のＳＴＲによる一撃を軽々とパリィした男。

その後姿と、丁寧な言葉遣いに、ブライトンは覚えがあった。

「ロ……ロックン……チェア……ッ⁉」

ロックンチェア金剛(こんごう)――ブライトンの実弟。

「細かい話は終わってからにした方がよさそうですね。兄さんはここにいてください。あとは僕が」

ロックンチェアはそう言うと、パリィで吹き飛ばしたネクスへ《飛車盾術》による突進で追撃をかけた。

ゆらりと起き上がり、体勢を立て直したネクスは、そこに《銀将剣術》をぶつけて対応する。

ガチン！　と弾き合って、仕切り直し。

「確かに貴方の剣は重く速い。勢いもありますね、ヘレスさんにほど近い剣筋でしょうか。しかし、ロスマンさんには遠く及びません」

「ジカンがナイ。ノコリ六フン。スグにケリをツケル」

挑発は効きませんか……と、ロックンチェアは溜め息を吐く。

「いいでしょう。では、篤とご覧ください。タイトル保持者の戦いを――」

「そいつの命はあと六分や！　倒すこと考えたらあかん！」

兇化剤を服用したネクスと対峙するロックンチェアへ、ラズベリーベルがアドバイスを叫ぶ。兇化剤の効果は、全ステータス二十倍。すなわちＨＰもＶＩＴも二十倍されるのだ。生半可な攻撃は焼け石に水と言える。

それを聞いて、ロックンチェアは納得した。ネクスの全身から放出されている不気味な青白い光、これがその異常なまでの力の源であり、六分後の死がその代償であると。

「…………」

タイトル保持者の戦いを見よと、ロックンチェアは見得を切ったが、しかし、彼の左腕は……先

ほどの《飛車盾術》を《銀将剣術》で弾かれた時から、じんと痺れている。

二十倍という数字は、タイトル保持者とはいえ、容易に覆せるものではない。

……六分間、耐える。それが、自身に課せられた試練。ロックンチェアは覚悟を新たにバックラーを構え、にこりと微笑んでから、静かに息を吸った。

命懸けのこの状況でさえ、彼は普段のルーティンをこなすことで、心を落ち着けられる。揺るぎない自信が彼をそうさせる。盾の扱いで己の右に出る者などいないと、そう信じて疑わない。

彼こそが、【盾術】世界最高峰――「金剛」。

「ユクぞ」

ネクスが、青く光る瞳を揺らしながら、ぼそりと呟く。

瞬間、残像が見えるほどの高速移動でロックンチェアの眼前まで接近し、荒々しく《歩兵剣術》を振りかぶる。

速い。鋭い。そして、重い。

受けたら終わる。ロックンチェアはそう直感し、《歩兵盾術》でタイミングを合わせてパリィする。パリィならばノーダメージで切り抜けられるからだ。

結果、パリィはなんとか成功した。ネクスはノックバックし、体勢を崩す。

本来なら、ここで追撃に出るところ。しかし……ロックンチェアは逡巡した。

不意に、果てしない恐怖を感じたのだ。まるで足元の地面が急になくなり、奈落の底へと落下していくような、名状し難い不安。

果たして、これを六分間も耐え続けられるだろうか――と、考えてしまったのだ。

相手は、常軌を逸したスピードで動く剣術師。その攻撃をパリィし続けるなど、土台無理な話。今回はたまたま成功したから良いものの、失敗したならば場合によっては一撃死もあり得る。

「角行しかなさそうですね」

ロックンチェアのパリィ成功率は三分の一から二分の一ほど。ネクスが相手となると、四分の一もないだろう。ここはパリィを確実に成功できる状況のみに控えて、基本は《角行盾術》の強化防御で手堅く行こうというのが、現在のロックンチェアの判断であった。

「シネッ！」

のけぞった状態から回復したネクスは、剣を大きく振りかぶり、《銀将剣術》をロックンチェアへ叩きつけんとする。ロックンチェアは、間合いを取りながら《角行盾術》の準備を間に合わせ、剣に盾をぶつけて防いだ。

九段でＶＩＴ６００％の強化防御。【盾術】で最も高い防御力を発揮するスキルである。

「凄い……！」

あのネクスの渾身の一撃を受け切った！　――ロックンチェアの戦闘の様子を見て、ブライトンが息を呑む。

ブライトンとレンコは、ものの一分も経たないうちに苦戦を強いられ、ディザートの戦士たちと共に総攻撃を仕掛けても数分ともたずに瀕死に追い込まれた。手も足も出なかったのだ。

それが、ロックンチェア金剛は、もう三度もネクスの攻撃を防いでいる。ディザートの戦士たちの支援もなしに。

金剛とは、タイトル保持者とは、斯くも強いものなのか――と、その場にいた殆どの者が、俄かに感動を覚えた。

……だが、ラズベリーベルだけは見抜いていた。ロックンチェアも、そう長くはもたないと。

「くっ……!?」

一見して、《角行盾術》による防御が決まったかに思えた状況であったが、ロックンチェアは、顔を顰めて二歩後退した。

VIT600%の防御。【盾術】を歩兵～龍王まで九段に上げきったロックンチェアのVITは並大抵のものではないが、それでも……2000%のSTRの前には意味をなさない。防御していて尚、ダメージが通ってしまったのだ。

ロックンチェアの少なくないHPの二割ほどが削れてしまう。これでクリティカルが出ていたら、ロックンチェアはそう考え、顔を青くした。

パリィは成功率が低い。角行はダメージが通る。ならば、どうするか。必死に次の手を考える。

しかし、ネクスは待ってなどくれない。即座に体勢を立て直すと、次いで《歩兵剣術》で斬りかかってきた。

「勝負、するしか、ないでしょうっ！」

今、己にでき得る最善を尽くす。それがロックンチェアに残されたただ一つの道。

HPを削られようが、パリィを失敗しようが、何が起きようが、めげずに最高のパフォーマンスを出し続けることが、六分間、否、残り五分と三十秒間を耐え抜くための必須条件であった。

――そして、一分が経ち、二分が経ち。

ロックンチェアのＨＰは、どんどんと削れていった。二十倍の素早さで動くネクスは、回復ポーションを使う暇など決して与えてはくれない。

そもそも、勝負にならないのだ。技術でどうこうできる話ではないと、天を仰ぎたくなるような大きすぎる差。全ステータス二十倍とは、こつこつと積み重ねてきた何もかもを一発で覆してしまう力業なのである。

「ソロソロ、ゲンカイか？」

圧倒的優勢。しかしネクスは、嘲るでもなく、挑発するでもなく、至って険しい表情でロックンチェアへと剣を向ける。

「まさか。あと三分は耐えてみせますよ」

そう虚勢を張るロックンチェアの限界は近かった。

もう、パリィは絶対に失敗できない。《角行盾術》での防御もＨＰ残量的に不可。その他の防御方法など、もっての外。すなわち、後はパリィし続けるしかない。

「……くそォッ……！」

ブライトンは、悔しげに叫び、拳を握り締める。

なけなしのポーションでＨＰは半分ほど回復した。再び戦えるようになった。だが……ネクスへと立ち向かっていけなかった。

何故なら、ロックンチェアの邪魔になるとわかってしまうから。

できることならロックンチェアへとポーションを投げてHPを回復してやりたかったが、それをするために近付くとネクスに狙われ、ロックンチェアは庇わざるを得なくなるのだ。

実の弟の最大のピンチに、何一つ力になれない自分が悔しい。ブライトンの口の端から、血が滴り落ちる。彼の奥歯は強く噛み締めるあまりにひびが入っていた。

「…………っ」

一方、レンコは……今か今かと、駆け出すタイミングを待っていた。

《変身》は解けて、生身の状態。ポーションなどとっくのとうに使いきり、HPは残り一割ほど。

それでも、ネクスが気付かないであろう絶妙のタイミングを見計らって、ブラック教皇に一発ぶちかますつもりでいたのだ。

その後のことなど、何も考えていない。ただ、己がスッキリするための一撃。最後まで立ち向かうための一撃。

「……まさか、お前……」

「ああ……あたいはやるよ」

ブライトンが、レンコの狙いに気付く。

瞬間、ブライトンは目的を見失っていた己を恥じた。

いかなる犠牲を払ったとしても、革命を成功させること。これがディザートの大志である。

弟が命を賭して作り出した時間を、無駄にしてなるものか——兄は覚悟を決めた。

「一、二の、三だ。私とお前で、左右から迫る。どちらかが殺されても、その足を止めるな」

「ふん。言われなくても」

レンコは不敵に笑う。

もし、娘が生きていたら、このくらいの歳だったか……と、ブライトンは胸元の指輪を握り、悲しげに笑った。

「行くぞ……一、二の…………三‼」

ブライトンの号令。直後、二人は駆け出した。

「――クソ！」

両脇を抜けていこうとする二人に、ネクスは苛立ちの表情を浮かべる。

ロックンチェアが、想定の何倍も粘り強かったのだ。残された時間は少ない。その上、余計なことをする雑魚が二人。焦り、苛立ちもするだろう。

「が、ふ……ッ！」

ネクスは目にも留まらぬ速さで疾走し、その勢いのままレンコを蹴り飛ばした。【剣術】を使っている余裕はないという判断だ。

蹴りは、レンコの脇腹に直撃した。スキルを用いない攻撃だというのに、レンコは五メートル以上吹き飛ばされる。

起き上がろうとするが、起き上がれない。彼女のＨＰ残量は三桁にすら届いていない、すなわち瀕死の状態。メヴィオンでは通称「ガチ瀕」と呼ばれる状態である。全体の４％未満のＨＰとなってダウンすると、HPを回復しない限りダウンが解かれないのだ。

「うおおおおおッッ‼」

ブライトンは、雄叫びをあげた。

届け、と。神に祈りながら、《飛車盾術》を発動し、全力で突進する。

レンコがやられたのは、目の端で捉えていた。

死んだかもしれない。娘の年齢にほど近い、あの若く力強い命が、失われたかもしれない。そう考えると、途端に悔しさが爆発したのだ。

……だが、甘かった。二十倍のＡＧＩの前では、左右から不意を突いてダッシュしたところで、大した意味はなかったのである。

「がぁッ⁉」

容赦のない《歩兵剣術》がブライトンを襲う。

レンコを蹴った後、移動してきたネクスが斬ったのだ。

そして、ボトリと……ブライトンの盾を構える左腕が、地面に落ちた。

「くっ……兄さん‼」

「ザコが、ウットウシイ……！」

ロックンチェアによる《飛車盾術》の突進。

ブライトンへ止めを刺そうとしていたネクスが、舌打ち一つ、強引に《歩兵剣術》をぶつけて対応する。たったそれだけで、ロックンチェアの突進は止まってしまった。

「マズは、オマエカラだ！」

焦燥感を隠そうともせず、必死の形相をしたネクスがロックンチェアへと歩を進める。

「……少々、まずいですか」

直前の《歩兵剣術》で、ロックンチェアのＨＰは残り一割ほどに削れてしまった。

次はパリィで受けるよりない。あと何分だったか？　あと何撃来る？　底なしの不安がよぎり、ロックンチェアの頬を冷や汗が伝う。

「あ……う……嘘、やろ……っ！」

――その刹那であった。

ラズベリーベルが、ロックンチェアの後方を見て何かに気付き、声をあげる。

え？　と、ロックンチェアが視線を動かそうとした瞬間、彼の後ろから姿を現したのは――

「実に面白かった」

――おかしな言葉を口にする、おかしな服装の男であった。

アロハシャツと短パンにサンダルという、全くもって冬に似つかわしくない恰好。そのくせ肩まで伸びた銀髪に筋の通った鼻と切れ長の目、高い身長に引き締まった体と、何処からどう見ても美男だからか、更におかしく感じてしまう。

唯一、このおかしな男の様相を、なんとはなしに理解している者がいた。ラズベリーベルである。

アロハシャツと、短パンと、サンダル。この恰好は、メヴィオンを始めたばかりのプレイヤーが着させられる初期装備の一種。

そして、何より、あの男は、あの男こそは……！

「あと三分だろう？　さあ、楽しもうじゃないかッ」

メヴィウス・オンライン世界ランキング第一位――『ｓｅｖｅｎ』。

そう、他ならぬセカンド・ファーステストである。

セカンドは、レイスによってｓｅｖｅｎの姿に化けたのだ。しかし誤算だったのは、レイスがｓｅｖｅｎのキャラクターデータを複製できたまではよいものの、装備データまでは呼び起こすことができなかったのである。結果、超絶にダサい恰好となってしまった。

「センパイ、機嫌ええなあっ！」

「おっ。まあな～」

突如ウッキウキとなったラズベリーベルが、満面の笑みでセカンドへと話しかける。セカンドは「そうかあいつが」と納得し、ひらりと手を振って応えた。

依然として絶体絶命のピンチだというのに、聖女はどうして笑顔に……？　と、誰もが疑問に思ったが、ラズベリーベルにとっては地球が自転するくらい当たり前のことであった。

ついに、この目で姿を見られたのだ。この耳で声を聞けたのだ。その上、言葉を交わせたのだ。喜ばないわけがないのである。そして、ｓｅｖｅｎが、センパイが、兇化剤を使った程度の相手に負けるわけがない。それは当然中の当然であった。

「すげー良いもん見ちゃったからなあ」

一方、セカンドが上機嫌な理由。これは、非常に趣味が悪いと言えた。

彼は暫くと見ていなかったのだ……「全身全霊を賭した者同士の対戦」を。

十分後に確実に死ぬ者と、ステータス二十倍のバケモノに死を覚悟して立ち向かう三人。それは、セカンドにとって最高の〝見世物〟であった。メヴィウス・オンラインの時代でさえ、ここまで鬼気迫るＰｖＰは滅多になかったのだ。

ゆえに、セカンドはついつい長いこと眺めてしまった。

本当なら、もう少し早く出ていけるはずであった。そう、ロックンチェアが現れた頃くらいには。だが、思いのほかロックンチェアは頑張った。ギリギリのスレスレを三分間も。「そりゃ見ちゃうだろ」と、セカンドは当然のように言う。彼にとっては、三人の命の危機よりも、血湧き肉躍るＰｖＰ観戦の方が、優先順位が高かったのである。

「俺の名はｓｅｖｅｎだ。そっちは？」

「ネクス」

「よろしく、ネクス。兇化剤を飲んだお前に敬意を表する」

「……ザレゴトを」

残り時間、三分。

兇化ネクスVSアロハ野郎、二人の対戦が、今、始まる――。

久方ぶりにピリピリしていた。現在、俺はレイスで『ｓｅｖｅｎ』に変化している。

何故か服装が初期装備だったが、かつての容姿に変化することができた。武器防具などの装備はセカンドの状態のままなので、見た目だけがレイスによって変わっているのだろう。

――ｓｅｖｅｎに変化できる。それすなわち、この世界の何処かにｓｅｖｅｎの情報が保存されているということ。クラックされたはずのｓｅｖｅｎのデータが、である。

この世界は、メヴィウス・オンラインと繋がっている。確定だ。理由も目的も、何一つわからないが……まあ、いいや、それは一先ずおいておこう。

問題は、ｓｅｖｅｎに変化できたことでも、季節感皆無のアロハシャツでもない。「一発でも攻撃を受けたら終わり」ということだ。

レイスは少しでもダメージを受けたら変化を解いてしまう。つまり、一発でも攻撃を受けると、俺がセカンド・ファーステストだという事実が瞬時に明らかとなる。結果、多方面に面倒くさい事態が巻き起こる。それは避けたい。

今、ネクスのステータスは兇化剤によって二十倍されている。

こりゃ平たく言って反則だ。普通に考えて、相手と二十倍も差が開いたら勝負にならない。

……だが、対峙してわかった。どうやらそこまで心配する必要はなさそうだ。何故なら。

「届いてないんだよなあ……」

ネクスは「まだまだ」だった。世界ランキング上位の常連、当時俺と世界一位を争っていた〝ランカー〟たちのステータスに、ネクスはこれっぽっちも届いていなかったのだ。

「――シネッ！」

愚直な《銀将剣術》の斬りおろし。

いくら今の俺のステータスが低かろうが、いくら兇化ネクスとのステータスに差があろうが……

ハッキリ言おう。あくびが出る。

「いいこと教えてやる」

俺はミスリルロングボウを構え、《金将弓術》のノックバック効果でネクスを弾きながら、ネクス以外のやつらに語りかけた。

兇化剤の効果時間十分を耐え切れば勝ちと、二十倍のステータスに恐れをなしてついついそう考えがちだが、そんな腑抜けた気持ちじゃあ上手く行くものも上手く行かない。

そう、古来伝わる格言の通りである。

「攻撃こそ最大の防御だ」

相手に攻めの余裕を与えない。これこそが理想形。

俺はインベントリから〝お皿〟を出して装備し、《飛車盾術》で突進する。メヴィオンにおいて「お皿を装備」した場合、お皿は盾の扱いとなる。それを利用した移動方法の小ワザだ。

ネクスの目の前でスキルをキャンセル、即座にお皿を仕舞い、ミスリルロングソードを装備しながら《銀将剣術》を発動、直後にキャンセルしてフェイントを入れ、それから《香車剣術》と《桂馬剣術》の複合で胸部を狙って、相殺ができないよう角度を傾けながら突きを放つ。

ネクスは《歩兵剣術》で弾いて止めようとしたが……そりゃ明らかなミスだな。

ロックンチェアの言う通り、ロスマンより弱いかもしれない。ロスマンならフェイントに騙(だま)されず対応できただろう一手だ。

「ナニ⁉」

香車の貫通効果は、同じく貫通効果のあるスキルでしか弾けない。

俺の放った突きはぶつけられた《歩兵剣術》を素通りして、ネクスの胸部に直撃した。

二十倍のＶＩＴ(防御力)のせいか突き刺さるまではいかなかったものの、《桂馬剣術》の急所特効で倍率が加算され、まあまあなダメージになったはずだ。

「クソッ……！」

ネクスは反撃に出ようと体勢を立て直すが……もう、なんというか、隙だらけで笑えてくる。

俺は矢継ぎ早に準備していた《角行剣術》でネクスの右腕を狙いながら剣を斜めに滑らせた。

《角行剣術》も貫通効果を持つ。【剣術】で対応するなら香車か角行をぶつけるか、金将で弾くか。

だが、いずれもネクスは準備しておらず、これから準備しても間に合わない。となれば、後は避(よ)けるしかないが……。

「グアァッ！」

まあ喰(く)らうよなあ。

だが、ネクスの腕は切断できなかった。二十倍のＶＩＴに助けられたようだ。

……じゃあ、アレをやるか。「パリスタン」を。

「シネ！　シネ！　シネェエエエ！」

焦ってきたのか必死の形相で斬りかかってくるネクス。

俺は再びお皿を取り出して装備しながら、その様子をしっかりと観察する。

そして、ネクスの《銀将剣術》が俺の脳天に直撃する0・277～0・250秒前の0・027秒間に《銀将盾術》を発動した。ここが反撃パリィのタイミングである。

「よっ」

パリィ成功。ネクスのように剣をなんの捻りもなく振ってくる相手ならばギリギリまで剣を目視できるため、成功しない方がおかしい。

ここからがパリスタンの大変なところ。パリィとほぼ同時に弓に持ち替え、後方へ吹き飛ぶ相手の頭部に《歩兵弓術》を可能な限りぶち込む。

頭部に直撃した場合は6・25%でスタン効果が発動するため、それを狙っているのだ。

……全弾命中。ダウン中含め、五発ぶち込めた。今回はスタンせず。残念。

「ウアアアアアッ‼」

ネクスは絶叫しながら起き上がり、今度は《飛車剣術》で斬りかかってくる。

……なんだろうな。こいつの【剣術】は、ハッキリ言ってつまらない。悲しいかな、この世界の一閃座戦が比較的高レベルだったことが判明した。

相手の攻撃が銀将でも飛車でも、やることは同じ。《銀将盾術》によるパリィである。

「アアアッ！」

悔しそうな悲鳴をあげながらお皿に弾かれるネクス。

《歩兵弓術》を一発二発三発と撃って、四発目。運良くネクスがスタンした。パリスタン成功だ。

「よしよし」

もうそろそろ兇化剤の残り時間三分が経過する頃だろう。

俺はネクスの頭側に移動し、《龍馬弓術》を準備する。

通称「ショットガン」だ。《龍馬弓術》は強力な貫通矢を何十発も同時に放つ範囲攻撃。これを〝ゼロ距離〟で直撃させれば、全ての矢が相手に命中し、【弓術】最大の瞬間火力を発揮する。

ということで、仰向けに倒れてスタンしているネクスの頭頂部目がけて、俺は《龍馬弓術》をゼロ距離で発動した。

「――――ッ‼」

ドバンッ！　と空気が振動する。

クリティカルヒット。ネクスはきりもみ回転しながら五メートル吹き飛び、地面にドサリと落下した。こりゃ相当なダメージが入ったな。

直後、俺はバックステップ一回、剣に持ち替えて《龍王剣術》の準備を開始する。ネクスくらいのAGIなら、ダウン中に七メートルほど離れていれば、十分に準備が間に合うだろう。

「グッ……ウウ……！」

ネクスは龍馬の衝撃でスタン状態が解け、大量の血を流しながらふらふらと起き上がる。

こちらに向かってくる途中、俺が《龍王剣術》の準備を完了したことに気付くと……いよいよというように、絶望の表情を見せた。

「辞世の句を聞こう」

残り数秒。また、出血量から残りＨＰの少なさも窺える。恐らく《龍王剣術》を耐えられるようなＨＰ残量ではないのだろう。

……このまま俺に向かってこようが、全てを諦めようが、どちらにせよ、ネクスの死は確定している。何かを言い残すなら、今しかない。

「ワ、ワタシは……ッ」

ぎゅっと剣を握りしめ……ネクスは、《飛車剣術》を準備した。その頬に涙を伝わせながら。

そして、斬りかかってくる。俺に。他の誰にでもなく、俺に。

「……………………」

戦士として死にたい。それが彼の最期の意思だと感じた。

俺は《龍王剣術》を発動する。前方への強力な範囲攻撃＋スタン効果。躱す方法は、もはやない。

龍王の赤黒い光が、青白い光を放つネクスを包み込む。

まるで天へと昇っていくような、上方への凝縮された力の奔流。

迫り来る死を前にして、ネクスは、ぽつりと口にした。

「……オカアサン……」

………そうだな。誰だって、死にたくないもんな。

逃れようのない死に直面し、考えることは、教皇への忠誠でも、戦士としての誇りでも、なんでもない。そこにあったのは、ただ、母親へと助けを求める、子供の叫びだけだった。

「さようなら」

異常。まさしく異常。

突如現れたｓｅｖｅｎと名乗る絶世の美男は、理解を超えた強さであった。

何百という兵士を屠ったブライトンと、同じく一騎当千の活躍を見せたレンコ。その二人が同時に戦い、そのうえレンコが切り札の《変身》を使ったにもかかわらず、手も足も出なかった相手、兇化ネクス。タイトル保持者ロックンチェア金剛すら歯が立たなかった強敵。

そんなネクスを、ｓｅｖｅｎという男は完封したのだ。

一撃も受けることなく、余裕すら見せつけながら、アロハシャツに短パンにサンダルで。

異常と言う他ない。

「……な、なんだい、ありゃあ」

瀕死状態でダウンしつつも、顔だけ動かしながら対戦を観ていたレンコは、思わず呟く。

彼女は薄々気付いていた。ｓｅｖｅｎという男が、セカンド・ファーステストなのではないかと。

一度手合わせをしたからわかるのだ。あの独特な「相手の攻めを潰す動き」のいやらしさ、見ればば見るほどセカンドに似ていた。

「…………はは、おかしいよ。あり得ない。あんなの、おかしい……」

呆れて笑ってしまう。レンコは、心の何処かで、自分のことを特別だと思い込んでいた。聖女ラズベリーベルの特別だと。

ラズベリーベルから特別にスキル習得方法や経験値の稼ぎ方を授かり、《変身》という見たことも聞いたこともない特別なスキルを授かり、天狗になっていたのだ。

あの夜、暗い森の中で、その伸びきった鼻は一度折られたはずであった。

だが、本当に根元からポッキリと折られた瞬間は、まさに今この時であった。

自分が最もラズベリーベルのことを知っていると、最もラズベリーベルの寵愛を受けていると、そう思っていたのに。ｓｅｖｅｎが現れた瞬間のラズベリーベルの笑顔で、全てを理解した。

ラズベリーベルとｓｅｖｅｎは、レンコの想定の何倍も何十倍も、深く繋がり合っていたのだ。

役に立てれば、命を賭ければ、ラズベリーベルは自分のことを見てくれる。利用し利用される関係から、真の友になれると、レンコはそう信じていた。

……実際には、ラズベリーベルが見ているのは今も昔もただ一人。「センパイ」だけであった。

「兄さん、腕は」

「ああ。お前のポーションのお陰だ。この通り問題ない」

「よかった」

一方、ネクスに腕を斬り落とされたブライトンは、ロックンチェアから高級ポーションを受け取り回復していた。

彼ら二人は兄弟。しかし、こうして顔を合わせるのは何年振りか思い出せないほど経っていた。

何処かぎこちない空気の中、ブライトンが口を開く。

「……呼吸するようなパリィだ」

「ええ。寸分のズレもありません。これでは金剛の立つ瀬がないですね」

「そんなことはない！　お前に剣術があれば、彼と似たようなことができていたと私は思う。お前にはそれだけの才能がある」

「ははは、それは兄バカというやつですよ……僕にあの美しさは出せない。悔しいけれど」

談笑。そう、驚くべきことに、ｓｅｖｅｎが戦い始めてから一分も経てば、あれほど恐れていたステータス二十倍の敵を前にして兄弟が談笑するほどの余裕が生まれていた。

絶対的な安定感である。ｓｅｖｅｎの戦闘には、観る者に「ああもう終わった」と思わせてしまう不思議な雰囲気があった。

「あの方はお前の知り合いか？」

「いえ、僕は知りませんね。まあ、なんとなく予想は付いていますが」

「なんだと？　私は知らないな。あれほど強ければ、一度でも目にしたら忘れないはずだが……」

「ええ……あれほど異常な人なら、忘れたくても忘れられませんよ」

ロックンチェアはｓｅｖｅｎの正体を語らない。正体を隠している事情に気付き、ミスリルピアスというビンゴの景品に大きな恩を感じているからこそ、実の兄にも語らないのだ。

「……ありがとう。強くなったな、ロックンチェア。お前が来なかったら革命は果たせなかった」

「僕だって、自分の手で仇（かたき）を取りたかったんです。間に合ってホッとしていますよ」

「結局、お前の手も汚させてしまった。私は兄失格だ」

「気にしないでください。ただ、まさかタイトルを獲ってすぐに革命とは思っていませんでしたが」

「すまない、チャンスはここしかなかったんだ」

タイトル保持者となり国際的な影響力を得て、キャスタル王国にコネクションを作り、ディザートの資金を稼ぎながら、カメル神国へと方々から圧力をかける。それがロックンチェアの目的。

だが、実を言えば、それはブライトンの兄心であった。【盾術】が好きな弟をもっともらしい理由でカメル神国から遠ざけ、タイトル戦に熱中させる。唯一の肉親、才能ある弟を革命で失いたくなかったブライトンの、深い家族愛と言えた。

「そして、あの方にも最大級の感謝を」

「いえ、それは要りません。僕がいずれ伝えておきます」

「何？　…………そうか、そうだな」

気遣いの上手いロックンチェア。その兄もまた、気遣い上手であった。

「……ああ、帰ってきた。あれが、あれこそが、うちが憧れた男の背中やぁ……っ」

さようなら……と、ネクスに別れの挨拶を告げながら《龍王剣術》で屠ったｓｅｖｅｎを見つめて、ラズベリーベルは胸を熱くする。

この世界に転生してより数か月、一時たりとも忘れたことのない、恋い焦がれ続けた相手。

改めて自覚する。ラズベリーベルは、鈴木いちごは、佐藤七郎のことが、セカンド・ファーステストのことが、好きで好きで堪らなかった。

恋だ。愛だ。恋愛だ。ラブが溢れて止まらないのだ。

「ば、馬鹿な……⁉　ネクスが敗れるとは……！」

目がハートになっているラズベリーベルの二メートル横で、大声を出すブラック教皇。

こいつしばいたろかなと、水をさされたラズベリーベルが殺意をむき出しにした瞬間――教皇が、瞳孔の開いた笑みを浮かべてラズベリーベルの方を睨んだ。

「は、ははははは！　駒を失ったのなら補充するまでよ！　シーク、貴様も使えッ！」

「はっ」

なんと教皇は、インベントリからもう一つの〝兇化剤〟を取り出し、ネクスの部下である近衛兵のシークに突きつけた。

シークは、ラズベリーベルに背を向け、教皇の目の前へと移動する。

「……なんだ、どうした！　恐れをなしたかシーク！　早く使え！　これは命令だ！」

兇化剤を押しつける教皇。

しかし、何故だかそれを手に取らず、棒立ちするシーク。

何が起きているのかわからず、皆が頭にハテナを浮かべる中。

アロハの男が、おもむろに口を開いた。

「もういいぞ、コンサデ」

「かしこまりました」

コンサデと呼ばれ、返事をした者は……近衛兵シーク。

「何？　シーク、貴様ッ——」

教皇が何かを言おうとした瞬間、シークの右手が微かに動く。

キラリと、空中で細い何かが煌いた。

その直後、ボトッ……と、教皇の首が、体と分かれ、地面に落下する。

次いで、体が膝から崩れ落ち、前のめりに倒れた。シークは一歩さがり、血の吹き出るそれを無表情で躱す。

「な、何を——!?」

突然のことに驚き、ブライトンがｓｅｖｅｎへと視線を向ける。

……だが、既に、そこにアロハシャツを着た男の姿はなかった。

「消えた!?」

「……ああ、なるほど」

ロックンチェアが瞬時に理解する。華麗なるカレーの店『カライ』で目にした転移だと合点がいったのだ。その予想の通り、セカンドはあんこをファーステスト邸に《魔召喚》したまま待機させており、ユカリへチーム限定通信で「あんこに合図を」とメッセージを送っていた。結果、忽然と姿を消したように見せたのである。

「なあ、自分、もしかしてセンパイの……」

皆が突然いなくなったｓｅｖｅｎに驚いている中、ラズベリーベルがシークへと話しかけた。

シークは無表情のままラズベリーベルに向き合うと、こくりと静かに頷き、沈黙を破る。

「あとで迎えに来る、とご主人様が申しております」

「そっか！　センパイによろしゅうな」

一言伝え、返事を聞いた瞬間。シークもまた姿を消した。

あんこの《暗黒召喚》のクールタイム六十秒が経過し、シーク、否、コードネーム「コンサデ」、否、ルナもまたファーステスト邸に召喚されたのだ。

「…………………」

ラズベリーベル以外の面々は、目の前で巻き起こる怒涛の展開の数々を、唖然として見ていることしかできない。

ただ、一つだけハッキリとしていることがあった。

革命は、成された——。

◇◇◇

「兄さんたちはこのままオルドジョーの制圧を」

「わかった。だが聖女はどうする？」

「僕に一つ考えが」

「考え？」

「ええ。保護先に心当たりがあります」

教皇が死に、流れは反教会勢力ディザートにある今、その攻撃の手を緩めてはならない。

ロックンチェアはブライトンにそう伝えると、立ち尽くすラズベリーベルと倒れ伏すレンコのもとへ歩み寄った。

「聖女様、お初にお目にかかります。僕の名前はロックンチェア。革命軍のリーダー、ブライトンの弟で、現金剛です」

「へえ。うちはラズベリーベルや。ほんで、こっちが侍女のレンコ」

「流石(さすが)は聖女様、落ち着き払っていらっしゃいますね。しかし、あまり悠長にしていられません。直ちに避難いたしましょう」

「ん。まあ、わかったわ。ほな行こか」

ラズベリーベルはセカンドが迎えに来た時のことを考え、あまり目立つ場所にいるのは良くないと判断し、ロックンチェアの指示に従うことに決めた。

善は急げとばかりに、パパッと《回復・大》を発動し、レンコのＨＰ(ヒットポイント)を回復させる。

「……面目次第もありません」

瀕死状態から復帰したレンコは、姿勢を正すと、ラズベリーベルに深く頭を下げた。

最後の最後まで、役に立てなかった――そう考えた彼女は、ずっと悶々(もんもん)としていたのだ。

「何やっとんねん。しゃきっとせんと。ほら、一緒に行くで」

「…………あたいも、連れていってもらえるんですか？」

「冗談はヨシハルさんや！　ここでサイナラなんて、うちがクズみたいやんか」

「ラ……ラズベリーベル様……っ」

ラズベリーベルは、感謝していた。多少は。

セカンドにクズだと思われることが嫌だから仕方なしにレンコを連れていく……本心からの考えだが、それでも、そこには多少の感謝が含まれていた。

彼女の本音であり、照れ隠しでもある。その明け透けな態度が、まるで本当の友達のようで、レンコは堪らなく嬉しかった。

「それでは参りましょう」

ロックンチェアの案内のもと、移動が始まる。

教皇の首を掲げて首都オルドジョーを制圧するディザートたちに背を向けて、三人は雪の降り積もる森の中へと歩を進めた。

「――おや、奇遇ですねセカンド三冠。神国までお散歩ですか？」
「おお、ロックンチェアか。そうなんだ、たまたま通りかかってな」
変化を解き、再び森の中へと転移してきて早々、俺はロックンチェアと遭遇した。
なんとまあ白々しい会話だろうか。

こいつにはｓｅｖｅｎの正体を見抜かれているんじゃないかと思ったが……案の定だったな。

「ちょうど良かった、実はセカンド三冠に折り入ってご相談があるのです」

「ふむふむ、聖女とその侍女を保護してほしい？　なるほど、そいつぁ大変だ。俺に任せておけ」

「いやあ、ありがとうございます。これで一安心です」

そういうことになった。

ロックンチェアからの依頼を引き受ける形で、聖女を保護する。この建前が重要だ。

俺はカメル神国の革命には全くもって無関係だが、友人に頼まれたので仕方なく聖女を保護している。という言い訳のために必要な三文芝居であった。

「では僕は行きます。またいつかお会いしましょう」

「ああ、またな」

颯爽と去っていくロックンチェア。実に良いやつだ。今度俺の家に遊びに来るようなことがあれば、うんとサービスしてやろう。

……さて。

「レンコ。お前も来るんだな？」

「ああ。あたいはラズベリーベル様と共に付いていきたいよ……ま、あんた次第だけど」

「じゃあ来い。先に送るぞ。キュベロとビサイドが待ってる」

「……ありがたいね、全く」

相変わらず素直じゃないなぁこいつ……若かりし自分を見ているようだ。

俺はやれやれと思いながら、あんこを《魔召喚》する。

「うわあ！　やっぱり！　暗黒狼やん！　センパイ、こっちでもテイムしとったん⁉」

「……っ！　そうなんだよ‼　バチクソ苦労したからマジで！」

あんこが出てきた瞬間、フラン……じゃねえや、ラズベリーベルが大声を出して驚いた。

そう、そうなのだ。これなのだ。これが暗黒狼を見た者の正常な反応！

いやあ、あの苦労を理解してもらえるっていいな！

「わー、そっかぁ。こっちでは転移も使えんねんな。便利やなーっ」

ラズベリーベルは目をキラキラさせながらあんこを見ている。そうそう、そうなの！　わかってるねぇ！　この尋常じゃない便利さ、メヴィオンプレイヤーとしては感動ものなんだよ。これこそが普通のリアクション。うん、気分良いな。

「暗黒魔術も使えるんだぜ。最高だろ？」

「えっ、ほんま⁉　めっちゃサイコーやん！」

「だろぉ⁉」

あんこを目の前に、二人して褒めまくる。その間、あんこはいつもの糸目と微笑みで佇んでいるだけだったが、その頬は薄らと赤く染まっていた。

「あんこ、こいつを家まで送ってくれ。その後にこいつを。最後に俺を頼む」

「承知しました、主様っ」

褒めちぎって機嫌が良くなったのか、あんこの声が若干弾んでいる。

直後、あんことレンコの姿が闇(やみ)と共に消えた。あんこがファーステスト邸に《暗黒転移》して、レンコが向こうで《暗黒召喚》されたのだ。

クールタイムは六十秒。その間、静かな森の中に、俺とラズベリーベルの二人きりである。

「なあフラン」

「……センパイ。うちのこと、ラズって呼んでや」

「え、まあいいけど。じゃあラズ」

「なぁに?」

「お前、死んだのか?」

一瞬の静寂。それからラズは、俺の瞳(ひとみ)を見つめて、ゆっくり「うん」と頷いた。

「マジかよ」

「いやいや、そらこっちのセリフやで……」

ああ、そうか。俺もバッチリ死んだからなあ……。

俺は暫し考え込み、それからラズの状況を踏まえて、自身の考えを口にした。

「クラックされた三千人のプレイヤーの中で、死んじまったやつだけがサブキャラでこっちの世界に来る。この解釈でいいと思うか?」

「今んとこ、そうやないかとうちも思っとる。まだまだわからんことが多すぎるけど」

「調べてみないことには何も明らかにならないか」

「せやなぁ」

再びの静寂。

枯れ木の並ぶ森の中、降り積もった雪が音を吸収し、たった一つの雑音も聞こえない。

ラズはその控えめな胸にそっと手を当てて、目を瞑った。次に、大きく一回、深呼吸する。

まるで何かの意を決するかのように見えた。

そして、沈黙は破られる。

「……うちな、中身は男なんや」

「へえ。前からなんとなく女っぽいなとは思ってたが、実際は男だったのか」

「う、うーん……まあ、男やで？　男やねんけどな。なんちゅうか、男っぽくないっちゅうか、女っぽく生きてきたっちゅうか……」

「心が女ってことか？」

「んー、ちょっとちゃうねんなぁ……」

「ふむ」

言っていることがいまいちわからない。

ただ、ラズの表情は真剣そのものだった。だから、俺は黙ってその話に耳を傾ける。

「ずーっと昔にな……センパイ、覚えとる？　中学ん頃や。うちみたいな見た目の生徒、保健室におらへんかった？　なんべんも会ったことあるんやけど……」

ラズはそのスレンダーなモデル体形でくるりと一回転してから、不安そうな顔で上目遣いに尋ねてきた。赤と白の交ざったロングヘアがふわりと広がって、ほのかに柑橘系の香りが漂う。

おかしいな、こんな綺麗な生徒がいたら確実に覚えているはずだ。というか赤い髪に白のメッシュってお前、忘れるわけないだろ常識的に考えて。あれか、当時は黒髪だったのか。だったら……いや、ダメだ。今の赤白の髪が強烈すぎてちっともイメージできない。

ただ、保健室……そのキーワードはちょいと聞き捨てならないな。確かに俺は中学の頃に保健室のベッドでメヴィオンをしていた。それを知っているということは、ラズは間違いなく「佐藤七郎」を知っているということ。つまり、実際に会ったことがあるのに俺がすっかり忘れているだけの可能性が高い。

「すまん全っ然覚えてねえ」

「せやろなぁ。まあ、それがうちやねんけど」

「なるほどな。男なのに、女子生徒にしか見えない恰好をしていたと」

「そうそう、家庭の事情でなぁ……」

どんな事情だよ。

「……うち、心はまだ男やと思うねん。でも、今の体は女や」

「そうだな」

「正直、戸惑ったわ。急な変化に付いていけへんかった」

「だろうな」

「でもな、どっかで良かったんちゃうかと思う自分もおんねん」

「……？」

会話を始めた時から一貫して、ラズが何を言いたいのかよくわからない。

俺は答えを急かすように口を開く。

「その心は？」

「うち……うちな……センパイのことが……ずっとな……」

俺のことが、ずっと、ずっと……？

「ずっと…………」

「…………？」

「めっ―――――！」

次の瞬間、ラズが忽然と姿を消した。

……うそーん。

「…………ええ……」

め……？

◇◇◇

「――っっっっっっちゃ好きやったんやっ‼」

ぎゅっと目を瞑り、胸の前で両の拳を握りしめ、一世一代の告白をするラズベリーベル。

「敵ですね」

「うむ、敵だな」

ファーステスト邸のリビングで、転移してきたラズベリーベルの告白を聞いたユカリとシルビアが、やけに勘の良い見解を口にする。

「え……あれっ？」

急に寒くなくなったことで転移に気付いたラズベリーベルが、その目を開く。

そこにはむっとした顔の二人＋一匹と、朝食を夢中でがつがつ食べる猫獣人、「あちゃあ」という顔をしたレンコの姿があった。

「…………～～～っっ！」

瞬時に状況を把握し、ボーーンと顔を真っ赤に染めるラズベリーベル。

「ちゃ、ちゃうねん！　今のは、今のは、今のはぁーっ！」

新たに二人の仲間を加えたファーステスト一家、賑やかになりそうであった。

「ご主人様、私もあまりとやかく言いたくはありませんが……男、だったのでは？」
家に帰るや否や、ユカリが冷ややかな顔で問い詰めてくる。
そういえば、皆にはフランボワーズ一世を「死んだはずの男」と説明していた。
だが、今や見る影もない。あの男くさいオッサンの「フラン」は、モデル体型の超絶美形な女の子「ラズ」へと変貌を遂げている。そう、ユカリが嫉妬を口にするくらいには可憐な美少女に。

とはいえ、中身がどうとか前世がどうとか、一から説明するつもりはない。ゆえに、ここはゴリ押しだろう。

「なんか性転換してた」

「よくそんなに堂々と嘘がつけますね……」

呆れられた。でも嘘じゃないんだよなぁ……。

「まあまあ。うちが男って偽ってただけや。センパイは悪ないで」

「……左様ですか」

流石はラズ、空気が超読める。こいつ、昔から頭の回転がかなり速かった。そういうところを気に入って、よく一緒に行動していた節もある。

「先輩だと？　ううむ、気になっていたのだが、二人は一体どういう関係なのだ？」

なんとか誤魔化せそうな雰囲気の中、シルビアが真正面から質問してきた。こういうところ好き。

「あー……」

「ちゅ、中学が一緒やったんや！」

俺が言い淀んでいると、ラズがすかさずフォローを入れてくれる。こりゃもう全部任せた方がよさそうだな。

「チューガク？　な、なんだ？　何かいかがわしいものかっ？」

「ちゃうわ！　なんでやねん！　中学ってのは、えーとな、あれや、十代前半くらいの子供が通う学校みたいなもんや」

「学校か、なるほど。となると……セカンド殿は学校に通っていたことになるのか？」

「おいどういう意味だ」

信じられないというような顔で呟（つぶや）くシルビア。こいつ俺のことを馬鹿だと思ってやがるな？　ちくしょう否定できねえ。

「――失礼いたします」

俺が打ちひしがれている間に、リビングにキュベロとビサイドが入ってきた。

二人は俺とユカリたちに丁寧な礼をして、それからレンコの方へと視線を向ける。

「お嬢、ご無事で御座いましたか……！」

「お嬢！　おいらぁ、一目見て安心しやした。健康そうで何よりですわ！」

義賊Ｒ６（リームスマ・シックス）の生き残りは、今のところこの三人。ウィンフィルドが短くない期間を費やし調査してもレンコしか見つかっていない現状、もうこれ以上の発見は殆（ほとん）ど期待できないだろう。それをわかっているからか、二人はレンコとの再会を心の底から喜んでいた。

その気持ちはレンコも同じに違いない。だが、何故（なぜ）だか、彼女は不満げな顔をした。

「……あんたたち、あたいより先に頭を下げる相手がいるんだね」

跳ねっ返りも、ここまで来ると度が過ぎる。

「あいつはわかるよ。でもね、そのメイドたちよりもあたいは下がるってのかい？」

俺を指さしてあいつと言う。メイドたちってのは、ユカリとシルビアとエコか。

確かに、使用人よりも下の扱いをされたら疑問に思うかもな。しかもユカリはダークエルフだから、この世界の常識的にはとても偉いとは思えないのだろう。まあ実際は家主の俺より偉いんじゃないかと錯覚する時があるくらい家の中での地位は高いが……。

「………………」

キュベロは珍しく黙り込んだ。

怒れないいんだろうな。レンコはカタギだ。義賊の流儀に巻き込むのはよしとしないのだろう。かと言って、彼女はまだファーステスト家に入ってもいない。立ち位置が曖昧ゆえに、義賊としての一喝もできず、いつもの委員長のような優等生発言もできないでいるのだ。

「なあ、うちが言ったたってもええか？」

どうしたもんかと黙って聞いていると、ラズが俺の耳元で囁いた。

……うん、それが一番いいだろう。俺は「よろしく」と頷いた。

「レンコ」

「はい」

「もう試すのはやめーや」

「……！」

いきなり核心を突く。レンコは目を見開いて沈黙した。

「存在価値が見出せへんからって、今の自分と過去の自分をふらふらしとったら、大事なもん見失うで。今はな、いくら憎まれ口叩いたって仕方ないなぁ言うて構ってくれる人が大勢おるわ。けどな、あと一年経ったらわからんで」

「……いや、あたいは」

「自分で生きていくんや。他人が与えてくれるもんにぶらさがっとったら、一生上がれへんよ。ずーっと落ちてくだけや」

「そんなの……あたいだって」

「わかっとったか？　わかっとってやってたんなら……あかん。もう救いようないわ」

「…………っ」

懐かしい話だ。存在価値。俺も若い頃にあーでもないこーでもないと考えたことがある。

レンコの場合、大義賊Ｒ６の親分リームスマの娘という自分と、唯一の聖女専属侍女という自分の、二つの間で揺れ動いているのだろう。

ラズから与えてもらった知識で強くなっても、それが仮初のものであるとなんとはなしに理解しているからか、いまいちアイデンティティとしてしっくりこない。おまけに教皇の暗殺も失敗した。となれば、残る存在価値は親分の娘というブランドだけ。

そうして過去の自分に縋り、現在の自分も捨て難く、ふらふら迷っているうち、最終的に外側だけが上等な中身スッカラカンの思春期少女ができあがったというわけだ。

「あんたが威張れとんのは、ぜーんぶ他人のおかげや。そんなんで頭下げられて気持ちええか？　まあ気持ちええやろなあ、その一瞬だけは。でも後から虚しいやろ？　なあ、本当に認められたいんやったら、相応のもん身に付けてから威張り。親の七光りなんて一光りくらいにしときや。相撲とるんならうちの褌は穿かんといてや。全部自分でやったらええやん。自分の力で尊敬されるようなったらええやん。したら気持ちええでー？」

「…………」

優しく諭すように話すラズと、それをただ俯いて聞いているレンコ。完全に、先生と女子高生の説教風景である。

「うちはそういうのが好きや。逆によそから引っ張ってきたもん持ち出して然も自分の意見のように語って他人を否定するやつが一番嫌いや。自分で考えてから自分の意見を言わな。自分で戦ってから自分の力を威張らな。せやろ？」

ああ、凄ぇよくわかる。俺も赤の他人が語る〝常識〟という言葉が大嫌いだった。

ラズに重ねて言えば、こういうことだろうか——「常識的に考えて女装するのはおかしい」と。

俺に重ねて言えば、こういうことだ。「ゲームに人生賭けるとか常識外れもいいところ」ってね。

勝手に常識を味方につけて一般人代表みたいな顔をするなと。正々堂々面と向かってお前個人の意見を述べてみろと。そういうことだろう？

ラズは、過去の自分に重ねて示唆しているのだ。恰好の悪い生き方というものを。

「優しい方ですね、彼女は」

ラズが説教を続ける中、キュベロが俺に話しかけるように小さく呟いた。全くもって同意だ。

利用し利用される関係だった二人。夜明け前の地下牢獄でレンコが言ったように、ラズにも多少の負い目があったのだろう。だから優しく説教している。一から十まで教えてやっている。人生の先輩として。レンコが命懸けで欲しがった友情とも親愛ともとれるそれは、既にラズの中で大きく育まれていたのだ。

……ラズがレンコを俺のもとに連れてきた理由が、少しわかったような気がした。

「ほな、レンコが自分をしっかり見据えられるように、皆でレンコの良いところを言い合うで！」

と、しばらく聞いていなかったら、なんだかおかしな流れになっていた。そりゃ優しすぎませんかね、ラズさん？

「うちはな、レンコの義理堅さが気に入っとんねん。センパイは？」

「俺かよ。んー……根性だけは人一倍あると思う。次シルビア」

「わ、私か。うーむ、知り合って間もないからよく知らないが、見た目は美人だな。ユカリ」

「……まあ、スタイルは良い方なのではないでしょうか。エコ」

「なに⁉」

「エコお前なんも話聞いてなかったな？」

「うん‼」

元気でよろしい。

「じゃあキュベロ」

「私もですか。ええと、お嬢は一本気で、情に厚く、えー……ビサイド」

「カシラァ、勘弁してくださいよ……あー、お嬢は活発でさぁな。体を動かすようなことが向いてんじゃあねぇですかい」

「そしたら一周してまたうちやな。レンコはなぁ――」

「わ、わかった！　もういい！　もういいからっ！」

その後、ゆでだこのように赤くなったレンコを囲んで、しばらく皆で談笑した。

まあ、上手くやっていけそうなんじゃない？　このチーム。


「――あ、やべえ、スチームにお礼言うの忘れてた」

昼メシは「具だくさん肉まん」だとユカリに言われて俺のテンションが急上昇する中、ラズが「豚まんやろ」と一言、それから小一時間ほど肉まん豚まん論争をしていたら、ふと思い出した。

「ちょっと行ってくる」

あんこを《魔召喚》しながら皆に伝える。遠い辺境の砦まで「ちょっと」で行って帰ってくることができるのだから、全く便利な世の中、否、便利な使い魔だ。

《暗黒転移》と《暗黒召喚》でぬるりと飛んで、スチーム・ビターバレー辺境伯を探す。

お目当てはすぐに見つかった。

「そろそろ来る頃だと思ってましたよ」

執務室の椅子にて、スチームが嫌そうな顔で俺を出迎える。せっかく執務室の外に転移してやったのに、どうやら要らぬ気遣いだったらしい。

「どうせセカンド卿のことです。今朝にはもうごたごたが全て片付いていたのに、私のことはすっかり忘れていて、今しがた思い出したのでしょう？」

「凄いなお前、大正解だ」

「ええ、この若さで辺境伯までのぼり詰めた男ですから。しかし悪びれもしないとは、相変わらずですね。良くも悪くも」

自分で言うお前もお前だと思うがな。

「さて、幾つも聞きたいことがありますが、二つだけ……まず一つ」

「なんだ？」

「どうやって革命を成功させたんです？」

……こいつ。

「知らないなあ。神風でも吹いたんじゃないか？」

「よくもまあそんなに堂々と嘘がつけますね」

ついさっき全く同じことを誰かに言われたような気がする。

「悪いが、俺は常日頃から堂々としているんだ。嘘をつく時も、嘘をつかない時もな」

「これは失礼。では二つめの質問です。たった今、マルベル帝国軍がカメル神国西の〝シズン小国〟へと侵攻しました。ご存知でしたか？」

マジかよ。

「知らん。逆に一つ聞いていいか？」

「なんなりと」

「何故たった今起きたことをお前が知っている？」

「チーム限定通信、貴方も使っているでしょう？」

おいおい！

「そんな機密事項、俺に言っちまっていいのか？　多分、マインにも言ってないんだろう？」

「貴方には隠さない方がいいと判断したまでです。貴方からの信用を失うくらいなら全てを明かした方がマシだ」

「気持ちの良いこと言ってくれるね相変わらず」

恐ろしく優秀なやつだな。じゃあ、アレ、聞いてみるか。

「なあ、お前、カラメリアに一枚噛（か）んでるのか？」

「まさか！　あれは現在の形では害悪でしかない。神国が扱い方を間違えたのです。私なら鎮痛薬として使います」

「鎮痛薬？」

「おや、てっきり聖女が調合したとばかり思っていましたが……聖女は貴方のもとにいるのでは？もしくは、まだ話を聞いていない？」

「後者だな。前者に関しては、友人から保護を頼まれたと言っておこうか」

「では帰って聞いてみることです。保護については、ええ、それがいいでしょう。貴方は注目の的だ。有識者だけでなく馬鹿にまで邪推をさせてはいけない」

「辛口だなあ」

「辛い食べ物は苦手ですがね。ちなみに下戸です」

「じゃあ今度飲みに行こうか。王都に『カライ』っていう名前のカレー専門店があってな」

「話聞いてましたか？　いや、逆に聞いているのか……」

呆れ顔のスチームに背を向けて、あんこに転移をお願いする。

最後の最後、転移する寸前に、俺は振り返って口を開いた。

「ありがとう」

返事を聞かずに転移する。去り際の、スチームのきょとんとした顔が傑作だった。


昼メシ時、俺はユカリに頼んで我らが軍師を喚び出してもらった。

「ウィンフィルドよ。食事中にすまないと思っている。だが至急聞きたいことができた」

「いーよ、セカンドさん。なーに？」

「ふぇいふぉふあひふんほうほふひひぇえおんあっへひぃあむああ」

「まさか、まず肉まんを口に入れてから、喋りだすとは、思わなかったなあ……」

困ったように笑うウィンフィルド。

俺は食べたい時に食べたいものを食べる主義である。これから話し始めようというその瞬間に視界に入った肉まんが実に美味しそうで「アラっ」と思っちゃったから口に入れた、それだけだ。

「ええと、なになに。帝国が、シズン小国に、攻め込んだって、聞いたんだが？」

凄ぇ通じた！

「だいじょーぶ、だよ」

「マジで？」

「うん。だって、いずれ、帝国、ヤッちゃうでしょ？」

「…………ああ、うん。そうね。

「じゃあいっか！」

「いっかー」

わははと笑い合う。

笑いごとじゃないだろう……とシルビアが呟いた気がしたが、気のせい気のせい。

「あ、そうだ。ラズベリーベル、さん。ちょっと、いい？」

「うち？　ええよ」

まあうちに肉まん派の言葉を聞ける理性が残っていればの話やけど、と肉まんを手に言うラズ。

まだ言ってるよ……こいつ豚まん派の中でもかなりの過激派だな。

「カラメリアの、依存症治療。どうすればいいと、思う？」

「……おっと、深刻な話やな。真面目に話さなあかんか」

豚まん過激派は自分の皿に肉まんを置き、一旦肉まんも豚まんも全て忘れて、真剣な表情をした。

「確かに、カラメリアはうちの作ったもんや。でもな、あれは本来は鎮痛薬なんや。適切に使うとけば安全で画期的な薬や。ただな、乱用した場合についてだけ、まだまともに確認できとらへん。せやから、乱用しとる人が今どうなっとんのか、うちはようわかっとらへんねん。本当はあかんことやねんけどな……」

教皇に閉じ込められ、強制的に作らされていたのだから、仕方のないこととは言える。

だが、事実、この世界にカラメリアという薬物を蔓延させることとなった根源とも言える。

乱用をさせないように、徹底して管理しなければならなかったのだ。あの状況下でブラック教皇に逆らえるものならな。

「一人、いるよ、身内に。依存症の、患者さん」

ウィンフィルドが口にした。料理長のソブラのことだろう。

「……わかったわ。うち、会うてみる」

ラズは頷いて、静かに意を決し、肉まんを口に頬張った。


「お久しぶりです、セカンド様」

昼メシ後、ラズと二人で料理長ソブラのもとを訪ねた。

場所は敷地の北、森林の中にある別荘風の大きなログハウスである。ユカリによると、彼はここで長らく療養しているらしい。

「久しぶりだな。その後どうだ」

「悪くないですね。昔と比べりゃあ……」

「そうか」

ボサボサの黒髪と無精ひげは以前と全く変わりない。顔色も肌艶も良い。見たところ調子は本当に悪くなさそうだ。一時期は外にも出られないような状態だったと聞いていたが、大分回復したのだろう。

「今日は俺の昔なじみを連れてきた。ラズという。カラメリアについての話を聞きたいそうだ」

「……よろしゅうな」

「へえ、セカンド様の！　わかりましたよ、俺でよければ話しましょう」

ソブラは俺たちをログハウスの奥へ案内すると、慣れた手つきで紅茶を人数分淹れ始めた。

感心して見ていると、俺の視線に気付いたのか、ソブラがこちらに背を向けたまま口を開く。

「ここにいると、大してやることがないんです。だから来る日も来る日も自主練するしかない。料理の腕、上がったと思いますよ」

「そいつは楽しみだ。実を言うと、お前の復帰を心待ちにしている。カツ丼の約束もあるしな」

「俺にとっては、これ以上ないお言葉だ……本当に」

かつて喫煙所で約束したことを忘れてはいない。貴族向けの料理を学びつつ庶民派の料理も学んでほしいと頼んだのだ。ユカリは俺たちの健康を考えてかあまりガツンとした脂っこいものを作ってくれない。密かに、俺はソブラの料理を楽しみにしていた。

「さて。何から話しましょうかね」

よっこいしょと椅子に腰かけて、ソブラはラズに向き合う。

ラズは暫し考え、ゆっくりと言葉を選ぶようにして問いかけた。

「依存症はどんなもんやろか？」

存外、ストレートな質問。ソブラは「ははっ」と軽く笑って答える。

「爆乳の美女が走った。どうなります？」

「えーと……？」

「爆乳の美女が、走るんです。イッチニ、イッチニと」

「そら……まあ、乳が揺れるやろな」

「ええ。たゆんたゆん、ないし、ばるんばるん揺れますね」

「……？？？」

「何を当たり前のことをと、そう考えましたね」

「そらな」

「爆乳の美女が走ったら乳が揺れる。カラメリアを吸ったら気持ちが良い。これは同じように当たり前のことと言える」

「はあ」

「男ってのは、乳が揺れてんのを見たら、十中八九ムラッと来る。わかりますか？」

「まあ、わからんけど納得はできるわ」

「カラメリアを一度でも吸ったことがあるやつってのは、ほんの一瞬でもカラメリアのことを思い出したら吸いたくなる。そういうことです」

「…………なるほどな」

「その衝動はどうしたって起こってしまう。男の誰しもが乳揺れにムラッと来るのを抑えられないように、カラメリアを吸いたくなる気持ちを抑えることはできんのですよ」

こいつぁひでぇ……思ったより深刻そうだ。

「多分、今後一生そうでしょうね。俺はタバコを見たりカラメルって聞いただけでカラメリアを連想して、あの快楽を求めて居ても立ってもいられなくなる。二度と消えねえ脳ミソの刺青ですわな」

ラズは沈黙した。かける言葉が見つからないようだ。

そのはずである。ラズがカラメリアを調合していなければ、ソブラはこのようなことにならないで済んだのだ。

「まあ、最近はマシになりましたけどね。どう足掻いたって吸えないってわかってるんで、諦めがつくんですよ。つまりカラメリアを絶つためには環境が大事だと言えます。そして何より周囲の協力と、曲がることのない信念ですかね」

「信念……？」

「生きがいって言うんでしょうか。ファーステストの料理長としての誇りだ。セカンド様に、ファーステストの皆に、料理を作る。今俺を支えているのはそれだけですよ。本当に、それだけ。だから絶対に裏切れない。カラメリアを吸うってことは、俺という人間の死を意味するんです」

死んでまで吸う価値はない、と。

そう考えられるってのは、意志が強いな。常に「バレなきゃ問題ない」という誘惑と戦わなければならない。ソブラはその波を乗り越えてきたのだろう。

「どうしたら楽になるんやろか……？」

ラズは申し訳なさそうな顔で言った。自責の念を感じているようだ。

自分を責める必要はないと、俺はそう思うが、力になれるならなってやってほしい。残念ながら俺には薬の知識なんてこれっぽっちもないから。

「……できることなら忘れたい」

ソブラはぽつりと呟いた。無理だ。素人の俺でもわかる。身体的苦痛は薬である程度取り除けても、記憶ばかりは不可能だろう。

それをソブラもわかっているのか、何処か遠くを見つめるその目には薄らと諦念が滲んでいた。

「……おおきに。ほな、うちらはこれで」

「こちらこそどうも。随分と気が紛れましたよ。セカンド様も、ありがとうございました。わざわざ足を運んでいただけて嬉しかったです」

「ああ。まあ、俺の家だけどねここ」

「ははは、そうですね」

俺とソブラは、笑顔で別れる。ラズだけは上手く笑えていなかった。

ログハウスを出て、しばらく無言で歩く。

さて、どんな言葉が飛び出してくるか。こいつとの付き合いは短くない。だからわかるのだ。今こいつは何かとんでもないことを考えている。

メヴィオン歴たった十二年足らずで世界ランキング最高百二十八位まで喰らいついたやつだ、普通の人間とは一味も二味も違う。と、俺は勝手にそう思っている。

「……うち、どっかまだ、ここがゲームの中なんやないかと思うとったわ」

「俺も経験があるな。ゲーム気分で食料品店の前で踊りまくってたら第三騎士団に威力業務妨害でしょっ引かれて挙句薬物中毒者の疑いまでかけられたことがある。そのおかげでここがきちんとした現実の社会の中なんだと自覚できたが」

「うちにはセンパイみたいな経験なかったから……甘かったなぁ」

ラズは後悔するように呟いた。

ずっとカメル教会に閉じ込められていたのだから、身をもって社会を知る機会などこれっぽっちもなかったに違いない。そんなラズが、いきなり現実を知ったわけだ。それも、薬物依存患者との対面という、とびっきり生々しい現実を。

まあ、困惑するだろうな。普通なら。

「不謹慎かもしれへんけど……うちな、今わくわくしとる」

「ほう」

「ここは地球とはちゃう。メヴィオンともちゃう。せやから、地球でもメヴィオンでもできひんかったことが、ここではできるようになっとるんちゃうかって。とどのつまり、メヴィオンみたいな世界に、地球の科学力が加わったら……最高やない？」

「……イイねぇ、その考え」

「せやろ？」

自然と、口角が上がってしまう。

とてもイイ。手を叩いて賞賛したいくらいの気分だ。

同類の俺にはわかる。こいつもまたゲーム漬けの脳。三度のメシよりメヴィオンに没頭していた者のうちの一人。だからこそこう考える。考えてしまう。「ここは最高の世界だ」――と。

ソブラの言っていた、脳ミソの刺青。言い得て妙だな、その通りだ。俺たちにも一風変わった刺青が入っているのだろう。どうしてもそう考えちまうような、メヴィオンプレイヤー特有の刺青が。

ゲームと現実が調和した世界、まさしく最高の世界だ。不可能が可能となることも、否定はできない。そして、事実、ラズはカラメリアを調合している。地球にもメヴィオンにもないものを創ったのだ。つまり……。

「治せるかもしれへん。うち、諦めんと、やってみるわ」

カラメリアの依存症を治せる薬も、創れるかもしれない。

僅かな可能性だろう。だが、ラズがそこに賭けるというのなら、俺は持てる全てを使って支援する腹づもりだ。

「何か手助けは必要か？」

特に必要ないと知りつつ、聞いてみる。

ラズは現状では無力な聖女でも、中身は元・世界百二十八位だ。放っておいても勝手に強くなる。

勝手に大金も稼ぐ。そのための方法を熟知しているはずだ。序盤はダイクエ戦法で、その後はダンジョン周回でと、効率良く経験値を稼ぎ、スキルを上げ、数か月とかからずに追いついてくるだろう。何も心配はしていない。だが、この世界のしがらみについては、話は別である。

「なーんもいらへん。と言いたいとこやけど、うち聖女やからなぁ……」

「じゃあ、キャスタル王国内では自由に動けるようにしといてやろう」

「……センパイ。今朝から気になっとったけど、今何やっとるん？」

「全権大使」

「何処のや」

「ジパング国」

「架空の国やないか！」

「笑っちまうだろ？」

ニッと笑うと、ラズも「ほんまになぁ」と呆れながら笑ってくれた。

中身が男だとわかっていても、思わずきゅんと来る可憐な笑顔だった。

「そうと決まれば、早速あいつを呼ぼうか」

「あいつ？」

「この国の大臣」


「――で、私が呼ばれたわけですか」

使いを出して数時間後、夕方になってハイライ大臣がファーステスト邸を訪れた。

相変わらず丸眼鏡が似合っている、バーコード頭の管理職風のオッサンだ。

「忙しそうで何よりだな。少し毛が減ったか？　ストレスはよくないぞ」

「セカンド閣下こそまた随分と楽しそうなことをしておいでで。閣下はストレスが少しもなさそうで羨ましい限りで御座います」

軽く挨拶を済ませ、すぐ本題に入る。本当に忙しそうだからな、珍しく気を利かせているのだ。

「カラメリアの取り締まりはどうだ？」

「難航しております。カメル神国からの密輸は取締法制定前と比べて九割減ですが、代わって国内での密造が七割増。毎日が麻薬組織との戦争ですな」

ヤベェ集団が蔓延っているらしい。

「ならちょうど良かった。こいつはロックンチェアからの依頼で保護している某国の聖女ラズベリーベルだ。薬物の知識がある。依存症治療に役立つ薬の開発をしたいようだから、便宜を図ってくれないか」

「……まさかとは思っておりましたが、本当に聖女様とは」

「よろしゅうな」

「こちらこそ、ようこそキャスタル王国へ。後日また改めて正式な挨拶に伺います」

「かまへんかまへん。そんなことより、薬剤の開発や。力になってくれへんか？」

「願ってもないことです。こちらからご依頼したいほどの思いで御座います」

上手い具合に噛み合ったな。これでラズは国内でも動きやすくなるだろう。

「よし。じゃあそういうことで」

「お待ちを、閣下」

パパッと話を済ませて解散しようとしたら、ハイライが俺を引き留めた。

おいおい、こりゃあ、何か厄介なことを頼まれそうな気がするぞ。俺はめちゃくちゃ嫌そうな顔を作って振り向いた。

「相変わらず正直な方ですね。しかし陛下も望まれていることです、私も退くことはできません」

「まあ言ってみ」

「国内におけるカラメリアの取り締まりに協力していただきたい。具体的には、麻薬カルテルに対抗できる身軽な戦力を」

「身軽な戦力？」

言いたいことはわかる。要は第三騎士団だけじゃ手を焼いているから手を貸してくれと、そういうことだろう。だが、身軽というのがわからない。

「第三騎士団への協力をと申しているわけではは御座いません。正規の取り締まりとは別に、麻薬組織に圧力をかけていただきたいのです。ゆえに、身軽な戦力と」

「おい待てよ、それって……」

「ええ。お考えの通りでしょう」

第三騎士団すなわち警察とは別口で、不埒な集団に圧力をかける。

これで俺が思い付くのは、ただ一つ――〝義賊〟の復活。

身軽というのはつまり、騎士団のように様々な制約に縛られることなく、自由に動けるという意味だろう。なるほどなぁ。

「お前が言っちゃっていいのそんなこと」

「閣下だからこそ申し上げております。お断りいただいても構いませんが、いずれにせよ他言無用でお願いいたします」

癒着だ。

一見なんでもないお願いのようで、中身はかなり黒いことを言っている。

義賊は義賊として、その活動の中で王国の法を犯すこともある。ハイライは、それをある程度は見逃すと暗に言っているのだ。そこまでして麻薬組織の取り締まりを強化したいと、そういうことだろう。さては、かなり難航しているな？　なら答えは決まっている。

「いいぞ」

「本当ですか……？」

「ああ。運の良いことに、適任がいる」

「――あたいだろ？」

俺が答えを口にする前に、リビングの奥からレンコが姿を現した。

彼女はこっそり聞いていたのか、話の内容を理解しているようだ。

「彼女は？」

「名前はレンコ。義賊Ｒ６（リームスマ・シックス）の親分リームスマの一人娘だ。カタギという話だったが、俺はいいんじゃないかと思ってる」

「左様ですか」

頷（うなず）くハイライ。レンコは腕を組み、ふんと鼻を鳴らした。任せておけということだろうか。

「お前がやりたいのなら、お前に任せるが……どうだ？」

「あたい以外に誰がいるっていうのさ。任せときな」

とても乗り気である。なんとなく「やりたいんじゃないかな」と思っていたが、俺の勘は当たっていたようだ。

短い間、接していて気付いたが、彼女にはこれといった主体性がない。なのに、やり甲斐を他人に求めながらも、そこに無理矢理自分の色を出してしまうから上手く行かないのだ。なら、自主的に動ける環境を用意してやればいい。他人からのお願いという建前で一から能動的に動ける環境こそ、彼女に合っているんじゃないかと俺は感じた。

すると、レンコの後ろから更にもう一人、意外な男が姿を現した。どうしても黙っていられなかった、というような様子で。

「――私は反対です、セカンド様」

執事キュベロ。元R6の若頭である。

「どうしてだい？　確かにあたいはカタギさ。でも、義賊の心意気は」

「お嬢は何もわかっていません。義賊を、何も」

「……なんだって？　もう一ぺん言ってみな」

「何度でも言いましょう。お嬢は義賊を何もわかっていない」

「あんた、覚悟はできてんだろうね……っ！」

「おい喧嘩はやめろ鬱陶しい」

血の気が多いったらない。

ただ、俺もキュベロの言葉に同感だ。レンコは義賊のことを何もわかっていない。だが。

「なあキュベロ。お前、レンコには真っ当に生きてほしいんだろ？」

「……ええ。それが亡き親分の願いです。お嬢に決して刺青を入れさせることのないよう、と」

「優しいな。優しい考えだ。でもな、そいつの生き方を決められんのは、そいつだけだ」

「しかし」

「このまま宙ぶらりんの半端者でいる方が、レンコにとっちゃあ辛いと思うがな」

「………………」

「俺は自由にやらせてみたい。義賊の真似事でもなんでもいい。レンコの思い描く義賊に、レンコがなればいい」

「……そこまで仰られてしまっては、私も頷くよりないではありませんか」

「すまんな。文句は今度いくらでも聞いてやる」

誰が決めたんだっつー話だ。

義賊が真っ当じゃないなんて、誰が。

ゲームに人生賭けるのが馬鹿だなんて、誰が。

人に言われることじゃない。最後の最後に自分で思うことだ。

やってみてから「ああ馬鹿だった」と思えばいいじゃないか。俺もそう思った。馬鹿だったって、無駄だったって。でもな、俺は結果的に無駄なことをしていたと思っても、無駄な時間を過ごしたとは思っていない。メヴィオンをやっていた十数年間、俺はずっと楽しかった。これが俺の人生だと胸を張って言えるくらい、ずっと楽しかったんだ。

「レンコ、やってみろ。好きなように。楽しいと思うなら、それが正解だ。お前はそれでいい」

「……ふん。余計なお世話だよ」

「だろうな」

ブレない彼女の返答に、俺は思わず笑ってしまった。

ばつの悪そうな彼女と、苦笑するハイライ、仕方なさそうに笑うキュベロと、優しく微笑むラズ。

話は纏まった。

義賊R6の復活。果たして、吉と出るか凶と出るか。まあ、なるようになるか。

さて、色々とスッキリしたところで、そろそろ晩メシ……の前に、頃合かな。

作戦会議の。

「作戦会議ーッ!!」
「いぇーっっっ！」
晩メシ後、風呂も入り終わって皆リビングでのんびりしていた頃、俺は唐突に叫んだ。
エコは俺が「作戦」まで言いかけた時点で目をカッと見開いて飛び起きると、西へ東へ俊敏に駆けずり回って、最終的にソファにダイブした。久々の作戦会議タイム、ひょっとすると待ち焦がれていたのかもしれない。

「……心臓が口から出るか思うたわ」

「むっ、それにしては嬉しそうな顔をしているな？」

「いや、センパイとは長いけどな、こんな感じで、団欒？　したことあらへんねん。せやから……あかん顔がニヤけてまう」

「ふぅむ。意外とそこまで関係が進んでいるわけではないのだな」

「な、何言っとんねん！　うちはそんなんや……なくはない、けどやなっ」

ラズとシルビアが何やら仲良さそうに話している。結構なことだ。チーム内が良い雰囲気で困ることは何一つない。

「ご主人様。作戦会議をなさるということは、何か新しいことを始めるおつもりで？」

「そうだ。まあ新しいことっつっても、夏季タイトル戦に向けたあれやこれやだけどな」

「承知しました。では――」

「ちょいと待ちな。これからのことの前に、これまでのことを教えちゃあくれないか？」

「あっ、それうちも気になる」

ユカリが懐からメモ帳を取り出した瞬間、レンコが口を挟んできた。

確かに、経緯を知らないとこれからのことも理解し辛いか。

「よし。シルビア任せた」

「私か？　私か……うむ、私しかいないな！」

一番の古株である。それが嬉しいのか、シルビアは意気揚々と語りだした。

「セカンド殿とは、まず出会いからしてメチャクチャだったな。食料品店の前で踊りまくっているところを騎士の私が逮捕したのだ。その後にすったもんだあって私が供をすることになった。するとセカンド殿は言ったのだ。取引しないか？　と」

「取引やと？」

「うむ。鍛えてやるから騎士団を裏切れと、そういう話だ。私は騎士団に厄介払いされたばかりだったし、酒に酔っていたこともあってか、つい頷いてしまった。ここが明確に私の人生の岐路だったな。翌日からはまさに新世界だ」

「傷心している女性を酒で酔わせて口説き落としただけなのでは？」

「せ、せやな……」

ユカリが冷ややかな表情で身も蓋もないことを言う。相変わらずの毒舌。いや全くその通りなんだけどもね……。

「セカンド殿は嘘をついていなかった。言われるがままに鍛錬していたら、箸にも棒にもかからない剣術師だった私が、あっと言う間に一流の弓術師になってしまった。特に飛車弓術習得の件については今でも夢に見ることがある」

「あー……まさかセンパイ」

「ああ、俺が囮をやったアレか」

「飛車弓術習得？　何か問題があんのかい？」

レンコがはてなとしていると、シルビアが彼女に耳打ちをした。すると、レンコの表情が見る見るうちに険しくなっていく。

「やっぱりあんた頭おかしいよ……」

「それほどでもない」

褒められてしまった。

「その後ロイスダンジョンを周回しているうち、なんと炎狼之弓が手に入ったのだ。この武器は魔弓術でこそ生きると、今度は魔術を覚えることになった」

「王立魔術学校やな？」

「うむ。そこでエコと、現国王マイン・キャスタル陛下と出会う。ここでもセカンド殿はおかしかった。当時は第二王子だったマイン陛下をまるで舎弟のように扱うわ、突然自分の左手を斬り落とすわ、魔術大会で全戦圧勝するわ……挙句の果てに第一王子直々の騎士団への勧誘を大勢の観衆の前で挑発しながら断ったんだぞ？　見ているこっちとしては生きた心地がしなかった」

「い、色々やっとんなぁ」

「左手をって……聞きたいけど、聞きたくないね」

「そうしてエコが仲間になったのだ。エコは盾術の才能があったようで、破竹の勢いで成長していった。前衛と後衛と遊撃が揃ったとてもバランスの良いチームだ。このままのんびりと三人でやっていくのかと思いきや、セカンド殿が今度はこんなことを言いだした。優秀な鍛冶師が欲しい、と」

「それで私が買われたわけですね」

「……ん？　ちょい待ちぃ。買われた？」

「私は元奴隷ですが」

「……はぇー……」

わかるわー、あのリアクション。

現代日本人が奴隷と聞けば、十中八九がああいう微妙な表情をするだろうな。

「私は、元主人である女公爵ルシア・アイシーン様によって洗脳魔術をかけられておりました。ひょんなことから今のご主人様と数日間二人きりになる機会が訪れ、そこで洗脳を解いていただいたのです」

「ルシア女公爵か！　なるほどなぁ、洗脳魔術を解くって、ほんならめっちゃショッキングなことが起きたんちゃうか？」

「ご存知なのですか。ええ、その通りです。多くは語りたくありませんが」

「これも聞きたいけど聞きたくないね。はぁ、頭が痛くなってきたよ、あたいは」

「以降はご主人様のメイドとして、秘書として、そして鍛冶師として活動しております」

「うむ。ユカリがチームに入ってから、目に見えて金回りが良くなったな。プロリンダンジョン周回でミスリルを集めて一攫千金を狙った時も、アンゴルモアのせいで大失敗しかけたが、結局はユカリの働きで上手く行ったのだからな」

「…………えっ」

お、食いついた。

「あ、アンゴルモア⁉　アンゴルモア言うたか今⁉」

「うわあ落ち着けっ！　なんなのだ一体⁉」

「自分わかっとるんか⁉　アンゴルモアやぞ⁉　アンゴルモアやぞ⁉」

シルビアもエコもユカリもレンコも、その価値を本当の意味ではわかっていない。

俺とラズだけはわかる。メヴィオン内に僅か二十九体しか存在しなかったアンゴルモアの、その途方もない価値を。

「センパイが召喚したん⁉」

「おう。凄くない？」

「凄すぎるわっ！　どんだけツイとんねん！」

プレミアム精霊チケットを使ったとはいえ、一発でアンゴルモアを引く豪運は自分でも凄いと思う。ラズも見たところ課金アバターだから、プレミアム精霊チケットを持っているはずだ。レアなのが引けるといいけど、如何せん一発勝負だからなぁ……。

「はー、驚き疲れたわ……」

「あたいにはよくわからないけど、ラズベリーベル様がこれほど取り乱すってことは……相当なもんなんだろうね」

相当どころか、世界一位だった前世の俺でさえ持っていなかった精霊だ。これで驚かずに何で驚くというのか。

「うーむ、その後は確か、この家を買ったんだったな。二百億強だったたか。ユカリの交渉とランバ

ージャック伯爵家のコネがなければもっと高くついていただろうな」

「にっ……二百億だって⁉」

今度はレンコが大声をあげる。対してラズは「凄いなぁ」くらいのリアクション。こうも反応が違ってくると面白いものがあるな。

「湖畔の一等地の大きな家だとは思ってたけどさ……まさか二百億もするなんて知らなかったよ」

「ええと、家はここだけではありませんが」

「……なんだって？」

「明日にでも敷地内を見て回ったら如何でしょうか」

「…………そ、そうするよ」

心なしかユカリの機嫌が良く見える。我が家を自慢できて嬉しいのだろう。

「で、困ってしまうのが、だ。家を買ってすぐに、セカンド殿は準備が整ったとかなんとか言って家を出ていって、四か月も戻ってこなかった」

「……はい？」

「四か月後、ふらっと戻ってきたと思ったら、バカみたいに強い黒衣の女を連れていた。アイソロイスという甲等級ダンジョンの魔物をテイムしたらしい」

「暗黒狼。アイソロイス城の地下大図書館に住む裏ボスだ」

「……らしい。困ってしまうな？」

「あたい、知ってるよその女。狭い部屋で、二人きりで話したことがある。普通に会話していただけのはずなのに、何度も何度も死ぬんじゃないかと思ったけどさ……まさか甲等級のボスだとはね」

「ええ。事実、初対面の時、私とシルビアとエコは三人同時に一瞬でＨＰ（ヒットポイント）を１にされましたから」

「そらあかんわ……しっかし、暗黒狼をテイムって、センパイらしいなぁ」

意地でも欲しかったからな。文字通り必死こいてテイムしたよ。

「その後はなんだったか……そうだ、政争に茶々を入れていたな」

「茶々どころか、ご友人のマイン陛下に政権を握らせるべく暗躍して、結果その通りにしていますからね」

「カメル神国の一万はくだらない軍勢を一人で追い払っていたな」

「最終的に架空の国家の全権大使ということになって、この土地も大使館として認められていますし、私たちも大使館職員として働いていますし、もちろん税金は全く払っておりませんね」

「もう無茶苦茶やん……」

政争の件は殆どウィンフィルドのお陰だけどね。

「うむ、私もそう思う。そして、タイトル三冠だ。前人未到の偉業を達成して、観客全員が注目するスピーチで、セカンド殿は出場者全員に説教したからな。そのうえこれでもかというほど挑発して、挙句の果てに来季八冠予告だ」

「その直後にカメル神国へ潜り込んで革命を成功させて、聖女を救出ですか」

「……なんか、あたいらが四苦八苦してたのが馬鹿みたいに感じるね」

救出がスムーズに行ったのもウィンフィルドのアドバイスのお陰なのよね。

こりゃ明日にでもウィンフィルドには労いのご褒美をあげないと駄目だな。あまりにもお世話になり過ぎている。

「しかし改めて思い返してみると、とんでもないなセカンド殿……」

「行く先々でかかわった何かが尽く盛大に燃え上がっておりますね。まるで火をつけて回っているようです」

「いや俺が燃やしてるわけじゃないぞ。周りが勝手に燃えてるだけだ」

「……センパイ、流石に擁護できひんわ」

「あんた自覚ないんだね……」

酷い言われようだ。

「さて、こんなところだろうか」

「おおきにシルビアはん。ユカリはんも。話の流れ止めてしもて堪忍な」

「いえ、必要なことでしたので」

経緯の説明が終わった。ようやく本題だな。

「よし、作戦会議再開だ。今後、俺とシルビアとエコは、夏季タイトル戦を見据えて活動していくことになる。俺のことは俺でやるからおいといて、シルビアとエコ。お前らには特訓メニューを用意した。それをやれ」

「うむ！　いよいよだな。どのような特訓だ？」

「うみにいく⁉」

シルビアはわくわくしている様子だ。エコは、えー、海に……どゆこと？

「海には行かないぞ。まずシルビア、お前は体術を習得しろ。これでSTRとDEXとAGIを満遍なく底上げする。加えて今やっているエイム調整法を続けながら、弓術の定跡を覚えてもらう」

「承知した。ついに定跡か……！」

「エコ。お前は斧術を習得しろ。つまりSTRガン上げだ。それと、盾術の定跡も覚えるぞ」

「わかった！　うみは？」

「……今度行こうか」

「うきゃーっ」

単純に海に行きたかっただけのようだ。

「ユカリ。お前は夏季タイトル戦までの間、装備品の作製に奮闘してもらうことになる」

「お任せくださいご主人様。準備は整っております」

「使用人たちは大丈夫か？」

「零期生の十四人が育ってきております。彼女たちに任せておけば問題ないでしょう」

「そうか」

そろそろユカリにも鍛冶師として本格的に動き出してもらう。

特に、夏季タイトル戦は暑いかもしれないということに気付いた今、なるべく薄着で強力な装備を用意する必要が出てきた。そのためにはユカリの力を借りないわけにはいかないのだ。

「ラズ。お前は依存症治療薬の開発だな。大いに自由にやってくれ。何かあったら相談しろ」

「おおきにな、センパイ。うち頑張るわ」

「よし。最後、レンコ。お前は王都で義賊っぽいことをやれ。存分にやれ。思うがままにやれ。で、何かあったら相談しろ」

「ふん。言われなくてもやってやるさ、思う存分ね」

オールオッケー。作戦会議、早くも終了だ。

「ところで、セカンド殿。夏季はどのタイトルを狙っているのだ？」

お開きムードでソファのクッションに埋もれていたら、シルビアが隣に腰かけて、そんなことを尋ねてきた。夏季タイトル戦では、そうだなぁ……。

「闘神位、四鎗聖、千手将、天網座、毘沙門かな。あと一閃座、叡将、霊王の防衛」

「……まあ、わかってはいたが、凄まじいな」

「五足す三で、八冠ですか」

「体術、槍術、杖術、糸操術、抜刀術やんな。流石いいとこ突くわぁ、センパイ」

「それ……五つ全部のスキルを九段にするってことかい？　……え？　冗談だろ……？」

「前回の閉会式では、あれほど挑発しまくったからな。きっと強いやつらが出てくるに違いない。今から楽しみだな！」

「そんな屈託のない笑顔で言われても……」

呆れるシルビアを横目に、俺は寝転がって微睡む。

エコがクッションと腹の間にぐいぐいと押し入ってきた。なかなか温かくて心地好い。

「ご主人様。どうやらお忘れのようなので申し上げますが……アルフレッド様への報告はよろしいのですか？」

「…………あっ」

エピローグ　霞んでんすか？

翌朝、俺はアルフレッドを呼びつけた。言わずもがな、彼の盲目の治療のためだ。

まだ王都に滞在していたアルフレッドは、一時間とかからず招集に応じてくれた。

「もしやとは思うが、もう治療法を習得して参られたのか？」

開口一番、疑いの言葉。

確かに、よく考えたら最後に別れてから二週間も経っていない。

「いや、覚えていない」

「では何故――」

「代わりに聖女を連れてきた」

「…………今、なんと？」

「聖女を連れてきた」

「……聞き間違いではなかったようだ」

アルフレッドはぽりぽりと後頭部を掻くと、姿勢を正しながら言う。

「どうして聖女様がここにいらっしゃるのか、否、ここにいることができるのか、お聞きしても？」

「簡単な話だ。カメル神国で革命が起きて、聖女の居場所がなくなった。革命を支援したロックンチェアが保護先に俺を推薦し、聖女がそれを受け入れ、俺がそれを承認した。以上だ」

「……この恩は必ず」

「いや、なんのことかサッパリわからないな。たまたまうちに聖女が来たんだ、ちょうど良いからアルフレッドの目を診てもらうだけで、何故そこまで感謝される必要がある？」

「しかし」

「感謝は特に要らない。その代わり、盲目が治ったら鬼穿将戦に身を入れろ」

「………かたじけない」

アルフレッドは深く頭を下げた。

こいつ、少し勘違いしていそうだ。俺がアルフレッドのためだけにカメル神国で革命の手助けをしたのだと、そう思っているのだろう。実際はラズのためでもある。というか七割がたラズのためだ。ただ、それを言ってしまうと話がこじれるので、ここは恩を余分に売っておくことにする。

「じゃあ、ラズ。解呪を頼む」

「よっしゃ、任せとき」

盲目の呪いを解くことができるのは、【回復魔術】《回復・異》もしくは《回復・全》だ。

どちらもカメル教の総本山、聖地オルドジョーでなければ習得することはできない。あそこに何か月も幽閉されていたラズは、暇過ぎたせいか【回復魔術】スキルを全て習得していた。サブキャラに覚えさせようと、そのために必要な経験値をぴったり稼いで放置していたというあたり、ラズの細かい性格がよく出ていると思う。

「ほな行くでー」

「切に、よろしくお願いいたします」

ラズが声をかけると、アルフレッドは背筋をピンと伸ばして目を瞑った。

直後、ラズのかざした右手から眩い光が溢れ出し、アルフレッドを包み込んだ。

「うっ……!?」

アルフレッドは眉間にしわを寄せた。まるで、眩しがるように。

「見えるか？」

《回復・異》の光がキラキラと瞬いて消えていく。

俺が問いかけると、アルフレッドはゆっくりと目を開いた。

「み……見える……見える……ッ」

彼にとっては、何年ぶりの景色なのだろうか。

両手を、両腕を、体を、それから俺の顔を見て、彼は少年のような笑顔になる。

静かながらに、とても深い歓喜だった。見えるという当然のことが、彼にとっては嬉しくて堪らない。そんな魂の叫びを、彼はじっくりと噛み締めていた。

「セカンド三冠、やはり噂にたがわぬ美青年だ。聖女様、なんと神々しき美貌。ああ、私は見えている。見えている……！」

こちらまで笑顔になってしまうような喜びよう。俺は「よかったな」と一言、両手を広げてアルフレッドを迎え入れた。

アルフレッドは満面の笑みで俺にハグをすると、声を震わせながら言った。

「ハハ、おかしい。見えているのに、霞んで見えぬ。ハハハ――――！」

その後、俺たちは敷地の中の景色を見て回った。

ありとあらゆるものに目を輝かせては新鮮な反応を見せるアルフレッドが面白くて、俺もつい時間を忘れて散策してしまった。

そして昼食をご馳走し、別れの時。

アルフレッドはしっかりと俺の目を見据えて、真剣な表情で沈黙を破った。

「感謝の印だ。これを貴殿に」

彼がインベントリから取り出したのは、何処か見覚えのある一本の〝矢〟だった。

「……まさか、絆之矢か」

「左様。我が家に代々伝わる家宝、これをお譲りしたい」

とんでもないものが出てきた。絆之矢――所謂「無限矢」である。

この一本さえ番えれば、何本でも矢を放てる。そういった超便利アイテム。当然、相当なレアドロップ品である。

「いいのか？　売れば数億はくだらないぞ」

いや、前世で数億なのだから、この世界では数十億かもしれない。

断ろうかと考えていると、アルフレッドはニッと笑って口を開いた。

「だからこそ。私の目の値段だ、これでは全く足りないだろうが、その分はこれから時間をかけて返そう」

「……ははは！　よし、受け取ろう」

清々しい男だ。

だからこそ。ああ、そうだ。彼の目には数億でも数十億でも足りないほどの価値がある。素直にそう思える返答だった。

「また会おう」

「ええ。その時は、ディーとジェイも」

「ああ、楽しみにしている」

固く握手をして、別れる。

再び、夏季タイトル戦で――。

近頃のセカンド・ファーステストは忙しい。
それもそのはず、夏季タイトル戦へと向けての準備を今すぐにでもしたいにもかかわらず、カメル神国の革命などという他人同士の喧嘩に茶々を入れていたのだから、忙しくもなる。
自分の世話だけではない。シルビアとエコという愛弟子の世話もある。加えてユカリには鍛冶の指示を出し、ラズとレンコという新たな仲間に立場を与え、大所帯となったファーステスト家の先頭に立ち引っ張っていかなければならない。

ゆえに、どうしても「構ってやれない」相手が出てくる。

現在、約二名。

片方は、拗ねに拗ねていた。「我なんて、どーせ……」と精霊界に存在する大王の城のカーペットにのの字を書き続けているやたらと仰々しい恰好の中性的な精霊だ。

もう片方は、混乱していた。「もっと構ってほしいけど、どうしたら……」と、普段の頭の切れの良さは何処へやら、自身の感情の乱れに戸惑いながらうじうじと悩んでいる軍師の混精だ。

その後、更にしばらく放置された結果。

前者は不貞腐れた。「喚ばれるまで寝る！」と自室に閉じこもり、それから音沙汰がない。

そして、後者は……。

「セカンド、さんっ」

「お？　おお、ウィンフィルド」

どんな珍妙な手を使ったのか、あのユカリを騙くらかして、今日この時、召喚してもらえるように頼んでいた。

「あ、の……えーっと……」

相変わらずクレバーで戦略的だが、しかし、いざセカンドと対面すると、彼女の頭は真っ白になる。何を喋ってよいかわからない。「構ってほしい」と、ストレートに言えない。本当に構ってほしいだけなのか、でなければセカンドにどうしてほしいのか、彼女の思考はごちゃごちゃなのだ。

だからといって、思うがままに口を開けば「好き好き大好き！」と溢れ出てしまいそうで、迂闊に喋れないのである。こんなことは、長い長い精霊人生の中で初めてであった。

普段は相談される側の立場。だが、こと恋愛においては、初心者も同然。相談する相手もこれといっておらず、自慢の頭脳も全く機能せず、まさにお手上げ状態である。

そう、彼女はあまりにも溜め込み過ぎたのだ。そして、溜めれば溜めるほど、その想いをぶつける時の威力は大きくなる。まるで【魔魔術】の《溜撃》のように。

「あ、ちょうど良かった。ウィンフィルド、お前に何かご褒美をあげないとと考えていたんだ」

「ごっ……ご褒美っ？」

ご褒美と聞いて、ウィンフィルドはつい即物的な思考をしてしまう。

では、セカンドさんと朝寝を――と。存外、彼女はむっつりスケベであった。

「何か欲しいものはないか？　なんでもいいぞ」

「な、な、なん、でもっ……!?」

「え？　お、おう」

セカンドが無意識に禁句を口走る。

ウィンフィルドに残っていた僅かばかりの理性は、そこで吹き飛んだ。

「まあ、今すぐってわけじゃなくても――」

「セ、セカンド、さんっ！」

「うおっ、なんだ？」

ずいっと顔を近づけて、ぐるぐると目を回しながら、彼女は口を開く。

「よ、よ、よ、夜……行く、から」

「夜……？」

「行くからぁっ！」

耳まで真っ赤にして去る彼女の背中を、セカンドは目を点にして見送るのだった。

その晩、セカンドの部屋をウィンフィルドが訪れた。

気合の入ったネグリジェを一目見て、セカンドは彼女の覚悟を察する。

二人ベッドに腰かけて、沈黙が流れる中……セカンドは、彼女が性欲を恋愛感情と誤認し暴走しているわけではあるまいかと過去を何度も何度も反芻したが、最終的には「やはり彼女からの度重なるアプローチは本気だったのだ」と結論付けるに至った。

むしろ、彼ももともと吝かではなかった。「そういうとこ、わりと好きだぞ」だなどと言って思わせぶりな態度をとって見せていたのも、更なる深い関係を期待してのものだったのだろう。

そして、最終確認を。至近距離で見つめ合い、理解した。彼女の表情は本気も本気だった。セカンドが顔を近付けると、ウィンフィルドは目をぎゅっと瞑り、小動物のようにふるふると震える。

ご褒美はまた別に用意しないとなと、そんなことを考えながら、セカンドはその震える体を優しく撫で、ゆっくりと……。

「……あっ……」

「――うちがこれしきで諦めると思うたか？　残念！　そう簡単には諦めへんで～」

うっしっし、と口元に手を当てて笑う乙女が一人。元聖女ラズベリーベルである。

時刻は深夜零時。皆寝静まった頃を見計らって、自室を出てきたのだ。

ファーステストへ来て初日の夜は、疲れ果てて何もできないまま寝てしまったため、二日目の夜と少々出遅れている。ゆえに、彼女には若干の焦燥感があった。

「……それにしても広い家やな。迷子になりそうやわ」

ラズベリーベルは、この豪邸で丸二日過ごしているというのに、未だその広さに慣れていない。

この湖畔の豪邸だけならまだしも、だだっ広い敷地内にはいくつもの馬鹿でかい家が散在しているのだ。日中、使用人に案内してもらったとはいえ、その全てを把握するにはまだまだ時間がかかりそうだった。

そうして探り探り、抜き足差し足忍び足で廊下を歩きながら、彼女はある部屋を目指す。

そう、セカンドの部屋だ。

ラズベリーベル一世一代の告白は、あんこによる転移で見事失敗に終わった。

だが、彼女はこれしきで諦めるようなタマではなかった。

十年以上、彼をこっそり観察していたのだ。それもそのはずである。

「確かこのへんに……おっと、ここやここや」

記憶を頼りに薄暗い廊下を進むと、セカンドの部屋が見えてきた。

緊張の面持ちで、ドアの前に立つ。

深呼吸を一つ。更に……もう一つ。加えて、もう一つ。おまけにもう三つくらいして、ラズベリーベルはいざドアをノックしようと、右手を振りかぶった。

「…………ん⁉」

一瞬、彼女の耳に、ナニかが聞こえてくる。

気のせいであってほしい。そう思いながら、彼女は耳を澄ませた。

「……ん？　ん？　んん～～～？」

ついにはドアに耳を当て、部屋の中の様子を探り始める。

「こ、これは……そういうことなんやろか……」

嫌な予感は的中した。

聞こえてきたのは、セカンドとウィンフィルドの、そういう声だった。

「……なんや、センパイもやることやっとんねんなぁ」

はぁ～と溜め息一つ、ラズベリーベルは肩を落として呟く。

部屋の中から聞こえる声は、今まさに真っ最中といったようなものだ。流石のストーカーも、そんな二人の邪魔はできない。

だが、それで諦めるようなストーカーでもない。

「一時撤退やな……」

告白は、また今度にしよう。そう決めたラズベリーベルは、セカンドの部屋を後にする。

……はずが、その足は一向に動かない。

「そ、そんなに、凄（すご）いんやろか？」

　ごくりと唾（つば）を飲み込んで、ドキドキとうるさい鼓動を抑えつけながら、彼女は誘惑に負け、再びドアにそっと耳を当てる。

　……それから五分も十分も、ラズベリーベルはその体勢のまま過ごした。

　そして十五分後、ドアから静かに体を離すと、また一つ大きな溜め息をついてから、とぼとぼと自室へ去っていく。

「あかん、洗濯せな……」

　むなしい呟きが、誰（だれ）もいない廊下に小さくこだました。

「——今日は休んでおけと言っている！」

「嫌だ！　休まない！」

「なんだと！　私はセカンド殿のためを思って！」

「余計なお世話だっての！」

「なっ、わからん男だな！」

　翌朝、ラズベリーベルがリビングへ降りると、シルビアとセカンドが喧嘩をしていた。

「なんや、朝から騒々しい」

「ラズ！　聞いてくれ！　こいつ俺に休めって言うんだ！」

「ラズベリーベル！　セカンド殿はここ数か月間で一日も休んでいないのだぞ!?　一段落ついた今

日くらい構わないではないかと私は言っているのだ！」

「昨日だって午後は休んでたじゃねーか！」

「ユカリに鍛冶の指示を出していたではないか！」

「ほらァ！　休んでんだろ⁉」

「それは休んでいるとは言わーんっ！」

ぎゃーぎゃーと言い合う二人。そんな様子を見ながら、ラズベリーベルは溜め息まじりに口を開く。

「……もう結婚したらどうやアンタら」

「いや、どうしてそうなった」

「け、けけけ、けっ、こけっ……⁉」

呆れるセカンドと、変な声を出して硬直するシルビア。

「しるびあ、やきとり⁉」

「エコ、焼いたらあかん」

「とり！」

「せやなぁ」

ラズベリーベルは「朝メシ前なのにご馳走さんやわ」と呟いて、洗面所へと移動した。

顔を洗いながら、ふと思う。羨ましい――と。

セカンドと痴話喧嘩をする。それがどんなに難しく、そして尊いことか、シルビアは知らない。

十年以上かけてできなかったことを、目の前でこうも簡単にやられてしまうと……ラズベリーベルとしては、ただただ「羨ましい」の一言であった。

「……いや、ちゃうやろ」

落ち込みかけた自分に、自分で活を入れる。

この世界に来て、ラズベリーベルは大きく変わった。

陰から彼を見ているだけでは、もう駄目なのだ。

その横に立つべく行動を起こす。そう心に決め、告白をしたのではなかったのか？

もう彼の迷惑にはならない。独りよがりの想い（おも）にはしない。心からそう信じ、その夢をささやかに実現するために「ラズベリーベル」というサブキャラをメイクしたのではなかったのか？

自問の答えは、すぐに出る。ＹＥＳだった。もう、これ以上ないってくらいに。

「よっしゃ！」

パン！　と湿った頬（ほお）を叩（たた）き、ラズベリーベルは気合を入れ直した。

顔をタオルでぬぐい、鏡に向かってシャキッとした顔をする。

頑張れ、ラズベリーベル。負けるな、ラズベリーベル。

鈴木いちごは、彼女にエールを送る。

願わくは、彼の隣を笑顔で歩けるように——。

「せかんど、うみいこっ」

「海？　……あ、そうか。そうだな。じゃあ海行くか」

朝食後、Ｒ６（リームスマ・シックス）の活動へと向かったレンコを除いたメンバー五人がリビングでまったりしている中、エコがふと思い出したように口にした。

「出たな、エコ贔屓（ひいき）が」

「出ましたね、エコ贔屓が」

シルビアとユカリが抗議の声をあげる。

「仕方ないだろ約束したんだから。なー？」

「なー！」

エコは、ご機嫌な笑顔でセカンドの膝（ひざ）の上からぴょんと降りると、駆け足で自室へ支度をしに向かった。

「ふん、勝手にするのだな」

まあ休暇にはなるか、とシルビアはセカンドに聞こえないよう呟く。

ユカリはその様子を見て「しょうがない二人ですね」と口角を僅かながらに上げ、セカンドのティーカップを片付け始めた。

「う、うちも付いていってええか？」

「ん？　ああ、いいぞ」

チャンス！　とばかりにラズベリーベルが挙手をする。

シルビアとユカリは一瞬だけむっとした表情をしたが、シルビアは喧嘩（けんか）をした手前素直になれず、ユカリは仕事が立て込んでいるため挙手できず、仕方なしに彼女を見送ることにした。

「できた！　いこ！」

しばらくすると、釣り竿とバケツを持ったエコがリビングに現れた。

「お前、釣りすんのか？」

「うん！」

3号500と書かれた大きな釣り竿だ。一体いつの間に、何処で買ったのか、よく見ると仕掛けも本格的なものを準備しているようだった。

「そういや〝釣りゲー〟言われとったなぁ」

ラズベリーベルはセカンドにしか聞こえないよう、小さな声で呟く。

メヴィウス・オンラインは、やたらと釣りに凝っているゲームであった。釣りだけを目的にゲームを始めるプレイヤーもいるほどのクオリティで、その魅力に取り憑かれた者も少なくない。ゆえに、一部界隈では釣りゲーと親しみを込めてそう呼ばれていたのだ。

セカンドは「懐かしいな」と一言、二人にしかわからない笑みで返した。

「……ふふ！」

たったそれだけのことで、ラズベリーベルはどうしようもなく幸せな気持ちになる。

ちょろいなぁ、うち……と、ニヤけた顔のまま思うラズベリーベルであった。

「さー、行くぞー」

セカンドは全員の準備が整ったのを見て、あんこを《魔召喚》し、《暗黒転移》を指示する。

直後、エコから順番に海沿いの町へと召喚されていった。

行先は、古城アイソロイスのある孤島の玄関口、港町クーラだ。

「――よし、着いたか。ご苦労あんこ」

「いえ、御身のためならば苦など一つたりともありませぬ」

「可愛いなぁお前は」

「か、かわっ、可愛いなどと、そんなことは……」

港町クーラに到着後、セカンドが労いとばかりにわしゃわしゃとあんこの頭を撫でると、彼女は気持ちよさそうに糸目を更に細めて体をすり寄せた。

「……嗚呼、懐かしい匂いがいたします。主様と初めて訪れた港町で御座いますね」

「潮の匂いは好きか？」

「ええ。主様の匂いの次に」

「じゃあ三番目は？」

「血の匂いでしょうか」

「お前らしいなぁ」

木陰で港を見ながらイチャイチャする二人。

「……ん？」

そこへ、血相を変えたラズベリーベルが遠くから駆け寄ってきた。

その傍らには、縮こまったエコの姿。

「どうしたー？」

気付いたセカンドが声をかける。すると、ラズベリーベルが大声で応(こた)えた。

「あかーん！　エコが落っこちたー！」

「……ま、マジか……」

あちゃー、という顔でセカンドは呟く。

木陰まで二人がやってくると、その状況がよく見てとれた。

エコのお尻(しり)にびっしりと緑色のコケがついている。

「コケで滑ってコケた？」

セカンドが尋ねると、エコが寒さに震えながらこくこくと無言で頷(うなず)いた。心なしか震えが更に増したようだ。

「ははは、まあ大事なくてよかったよかった。あんこ、家に送ってやれ」

「御意に」

何しに来たのかわかんねぇな、と一言、セカンドはあんことエコを見送った。

「……あっ」

港を見渡せる大きな木の下で、セカンドとラズベリーベルの二人きりになる。

その事実に気が付いたラズベリーベルは、小さく声を漏らした。

次の《暗黒召喚》まで六十秒。ラズベリーベルのよく知るセカンドなら、きっとこう言うはずだ。

「さ、俺たちも帰るか」

ほらね、と、小さく笑う。

ラズベリーベルは、瞬時に覚悟を決めた。

いつものように胸に手を当て、深呼吸を一つ、沈黙を破る。

「センパイ、折角来たんやから、ちょっちクーラの町をぶらついてから帰らへん？」

彼女は焦っていた。

先ほどのあんことの仲睦（なかむつ）まじい様子を見て、居ても立ってもいられなくなったのだ。

ゆえに、このまたとない機会に、攻めの手を緩めることはない。

「おっ、いいぞ。何処行く？」

「うち商店街行きたいわ」

「あいよ」

気兼ねないやりとり。まるで、友達のような。

これではいけない。ラズベリーベルはその距離感に心地好（よ）さを感じながらも、首を横に振る。

ｓｅｖｅｎとフランボワーズ一世の関係ならば、これでいい。だが、セカンドとラズベリーベルの関係ならば……彼女にとっては、このままでは駄目なのだ。

「なあ、うち、セーラー服似合うと思う？」

「どうした急に」

「中学も高校もブレザーやったやん？　うち、一回でええからセーラー服着てみたかってん」

「あ、そうか。セーラー服ってクーラでしか売ってないのか」

「せやねん！」

「おし。折角だからな、買いに行こう」

「うん！　折角やからな！」

セーラー服は、港町クーラの店売りでしか買えない装備だ。これを口実にあわよくばデートをしてやろうというのが、ラズベリーベルが咄嗟に考えた作戦であった。

「ここか」

「うわぁ～、いっぱいあるで！　見てやセンパイ！」

店に着くと、ラズベリーベルは声を弾ませて駆け出した。

実際、セーラー服への憧れはあったのだ。ショーウィンドウに並ぶ様々なセーラー服に目を惹かれ、ついつい笑みをこぼす程度には。

「おお。これなんかいいんじゃない？」

「ほんまか⁉」

「着てみろよ」

「うん！」

セカンドが手に取ったのは、シンプルな紺色のセーラー服。

ラズベリーベルは嬉々として受け取ると、試着室に入り着替え始めた。

鏡に映った自分を見て、「これはいける」と確信に至る。

「じゃーん！　どや？」

「百十九点」

「……いや嬉しいけど、なんやその半端な十九点は」

「素数にしてみた」

「七で割れるで……？」

「……うわ本当だ⁉」

二人、笑い合う。ラズベリーベルは溢れ出る嬉しさに頬を染めて、セカンドはばつが悪そうに頭を掻きながら。

「ほな、うちこれ買うわ！」

右へ左へスカートをひらひらさせて、ニコニコしながら言うラズベリーベル。相当に気に入ったようである。

セカンドはそんな彼女を見て、カラッと笑いながら口にした。

「いいや、買ってやるよ。こういうのは男が払うもんだ」

「……ええの？」

「そもそも、お前そんな金持ってんのか？」

「…………………あっ」

よくよく考えると、ラズベリーベルは無一文であった。

カァッと頬が熱くなる。浮かれに浮かれセーラー服を着てはしゃいでいた自分が途端に恥ずかしくなったのだ。

「相変わらずうっかりだな」

ケラケラ笑って料金を支払うセカンドを見て、情けなさが増す。

値札には二十一万CLと書いてあった。かなりの高額だ。加えて申し訳なさが増す。

だが、同時に……自分が女の子扱いされている事実に、なんとも言えない嬉しさが込み上げた。

思わず目頭が熱くなる。ラズベリーベルがずっと求め続けていたものが、今、ごく自然な形で実現しようとしているのだ。

ほんのちょっとの、僅か数分の、買い物デート。

しかし、彼女にとっては、まるで夢のような時間だった。

「ほら、寒いだろ。コートも買ってやったぞ」

「ぁ……センパイ……」

ふわりと肩にかけられたのは、紺色のセーラー服によく似合うベージュのダッフルコート。

——暖かかった。とても。

「暖かいわ……ほんま、暖かい……っ」

こうして、買い物デートは一瞬で終わった。

悲しいかな、男の買い物とはこんなものである。

「ほな、帰ろか」

「もういいのか？」

「うん。うち、もう、じゅーぶん満足や！」

商店街を海側に向かって歩きながら、二人はそんな会話をする。
ラズベリーベルは気が付いたのだ。何処か急ぎ過ぎていた自分に。
自然に、ゆっくりと、変わっていけばいい。
彼女には彼女のペースがあり、またセカンドにもセカンドのペースがあるのだ。
頑張れ、ラズベリーベル。フレフレ、ラズベリーベル。
鈴木いちごは、溢れんばかりの笑顔で、セカンドと二人、帰り道を歩くのだった。

あとがき

この度は『元・世界1位のサブキャラ育成日記』六巻をお買い上げいただきまして誠にありがとうございます！　お久しぶりです、著者の沢村治太郎です。お世話になっております。

さて、皆様。早速ですが、まろ先生のイラストのお話です。見ましたか⁉　見ましたね‼　どうですか素晴らしいでしょう‼　そうなんです、今回もまた、こんなに素敵なイラストを描いていただきました。ラズベリーベル、めちゃめちゃに可愛いですよね。レンコから滲み出る「スケバン感」もスタイリッシュでとても好きです。ブラック教皇は、まさに私のイメージにピッタリで感動でした。セカンドは巻を重ねるごとにカッコよくなっていて、感服です。もう素敵じゃないイラストは一つもないと思います、本当に。いやはや、一巻から一貫して素晴らしいイラストですね！

ところでですね、実は私、最近ベイトシーバスを始めました。あ、そうです、釣りの話です。

釣りのリールには、主にスピニングとベイトの二種類ありまして、それぞれ特色がありメリット・デメリットが違うのです。そしてどちらかといえば、ベイトリールの方が「玄人向け」のような印象です。というのも、ベイトリールは使用者にテクニックがないと頻繁にバックラッシュというトラブルを起こしてしまいます。それこそ素人の方が扱えば、釣りにならないくらいには扱いの難しいものなのです。加えて、釣行後の手入れもスピニングに比べかなり手間がかかりますし、竿もベイト専用のものを新しく買わなければなりませんし、決して初心者向けとは言えません。

……正直言いまして、現状、私はベイトのメリットをそこまで実感できていません。シーバスを狙う釣りにおいて、ベイトを使えるシチュエーションなら、十中八九スピニングでも事足りてしまいます。であれば、トラブルの少ない、手間のかからない、余計にお金のかからない、これまで使っていたスピニングを大人しく使っていればいいじゃないかと、そうなってしまいます。

それでも何故、私がベイトシーバスに手を出したかと言いますと……理由は単純です。

「——なんかカッコイイから！！！」

これです。ベイトリールって、なんかカッコイイんですよ。心くすぐられるんですよ。

多分、私の創作にも、この考えはあるんだと思います。トラブルはよく起こるし、手間がかかるし、コストもかかる……それでも、なんかカッコイイから、どうしても書きたい。そういう心のむずむずみたいなものが、きっと山ほどあるんです。

まろ先生のイラストも、前田理想先生のコミカライズも、多分そうなのだろうと、私は勝手ながらに感じております。面倒くさいものから逃げようと思えば逃げられるのに、どうしても表現したいから、あらゆるデメリットを享受すらして表現する。そういった心くすぐる何かが、お二方のイラストにも漫画にも込められているのだと、だから心に響くのだと、そう確信しております。

読者の皆様にもっともっと楽しんでいただくためには、どうすればよいのか。それを延々と追求していく中で、時には後ろを振り返り、己の根底にある「カッコイイと感じる心」を思い出すこともまた、大切なのかもしれません。そして願わくは、誰か私にベイトシーバスを教えてください。

カドカワBOOKS

元・世界1位のサブキャラ育成日記6
～廃プレイヤー、異世界を攻略中！～

2020年12月10日　初版発行

著者／沢村治太郎

発行者／青柳昌行

発行／株式会社KADOKAWA

〒102-8177
東京都千代田区富士見2-13-3
電話／0570-002-301（ナビダイヤル）

編集／カドカワBOOKS編集部

印刷所／暁印刷

製本所／本間製本

●お問い合わせ
https://www.kadokawa.co.jp/（「お問い合わせ」へお進みください）
※内容によっては、お答えできない場合があります。
※サポートは日本国内のみとさせていただきます。
※Japanese text only

Printed in Japan
ISBN 978-4-04-073889-5 C0093

新文芸宣言

　かつて「知」と「美」は特権階級の所有物でした。

　15世紀、グーテンベルクが発明した活版印刷技術は、特権階級から「知」と「美」を解放し、ルネサンスや宗教改革を導きました。市民革命や産業革命も、大衆に「知」と「美」が広まらなければ起こりえませんでした。人間は、本を読むことにより、自由と平等を獲得していったのです。

　21世紀、インターネット技術により、第二の「知」と「美」の解放が起こりました。一部の選ばれた才能を持つ者だけが文章や絵、映像を発表できる時代は終わり、誰もがネット上で自己表現を出来る時代がやってきました。

　UGC（ユーザージェネレイテッドコンテンツ）の波は、今世界を席巻しています。UGCから生まれた小説は、一般大衆からの批評を取り込みながら内容を充実させて行きます。受け手と送り手の情報の交換によって、UGCは量的な評価を獲得し、爆発的にその数を増やしているのです。

　こうしたUGCから生まれた小説群を、私たちは「新文芸」と名付けました。

　新文芸は、インターネットによる新しい「知」と「美」の形です。

2015年10月10日

井上伸一郎